岛田庄司作品

ロシア幽霊軍艦事件

军舰消失之谜

〔日〕岛田庄司 著
SOJI SHIMADA
林青华 译

人民文学出版社
PEOPLE'S LITERATURE PUBLISHING HOUSE

著作权合同登记：图字 01-2019-5923 号

RUSSIA YUREI GUNKAN JIKEN
Copyright © 2001 Soji Shimada
First Japanese edition published in 2001 by HARASHOBO., Tokyo
Republished in 2015 by Shinchosha Publishing Co Ltd., Tokyo
Simplified Chinese translation rights arranged with Shinshosha Publishing Co., Ltd.
Through The English Agency(Japan) Ltd.

图书在版编目(CIP)数据

军舰消失之谜/(日)岛田庄司著；林青华译. —
北京：人民文学出版社，2024(2024.4 重印)
（岛田庄司作品）
ISBN 978-7-02-018309-8

Ⅰ.①军… Ⅱ.①岛… ②林… Ⅲ.①长篇小说-日
本-现代 Ⅳ.①I313.45

中国国家版本馆 CIP 数据核字(2023)第 201848 号

责任编辑	胡司棋　张玉贞
封面设计	钱　珺

出版发行	人民文学出版社
社　　址	北京市朝内大街 166 号
邮政编码	100705
印　　制	山东新华印务有限公司
经　　销	全国新华书店等
字　　数	154 千字
开　　本	850×1168 毫米　1/32
印　　张	9.125
版　　次	2024 年 1 月北京第 1 版
印　　次	2024 年 4 月第 2 次印刷
书　　号	978-7-02-018309-8
定　　价	65.00 元

如有印装质量问题，请与本社图书销售中心调换。电话：010-65233595

1

从我的记录来看，那似乎是一九九三年——平成五年的夏天、八月八日的事情。那就是御手洗和我离开日本前往北欧的前一年。那时正处于特别炎热的夏天，我们房间的旧空调一天到晚开着，发出痛苦的呻吟。一想到门外的酷暑，我们连散步的兴致都没有了，他敲电脑键盘，我动笔写文章，两人一整天关在房间里。这时，有一封国际邮件塞进了房间。我记得，那信封带进来门外的暑热，把信握在手心里，感觉握着一股热气。

此刻回想起来，那时我感到兴奋，是挺不可思议的。这个事件并不是谁死了，也不是有人被诱拐了、生死迫在眉睫，特地求助于御手洗的那类刑事案件。通过这一事件，我得以一窥御手洗作为学者的一面。不过，这段经历对我而言一点也不乏味。非但如此，还让我感受到历史的秘密是那么深远、宏大、动人心魄。

我这样子坐在打字机前，回想着那个夏天一系列的事，甚至感觉到某种愤怒。那一年，历史明显发生了变化。这不是打比喻,是名副其实地改变了。当代历史书的一页,迎来了应该为之改写的事件。但在那之后,世界仍一如既往的冷淡,甚至冷眼旁观。这一事实,也是此刻我要写这本书的动机。当读者们阅毕我即将开讲的这个长篇故事时,究竟会怎样想呢?我很感兴趣。

在这个酷暑,历史性的事件始于我们居住的马车道的一个不起眼的房间。由一封来自美国的信开始。可序曲的意味,却较之平时更隐蔽,所以我完全没有察觉,这是一个事件的开头。

寄信人是松崎利奥那。虽然是世界级大明星的来信,内容却没什么戏剧性,仅仅是盛夏的问候而已。信封里除了一张夏日问候的明信片,还有一封寄给她的、来自日本的影迷来信。利奥那是这样解释的:

(前略)洛杉矶也很热。前几天,我的前经纪人说是发现了从前我的影迷的来信,寄来给我。看邮戳,是一九八四年年底从日本寄来的,那阵子我为拍摄《花魁》刚去美国。我最早的经纪人"加斯希尔"的地址是公开的,所以信就寄往那儿了。上周之前,我甚至都不知道这封信的存在。可读过之后,我感觉其内容不同寻常,你们一定会感兴趣的吧。信中内容并不涉及任何隐私,所以转给你们看一看。

我不明白为何会收到这样的信。或许是因为我在美国，日本的老人家就以为弗吉尼亚跟好莱坞紧挨着吧。

关于信上提及的、弗吉尼亚州夏洛茨维尔的安娜·安德森·马纳汉这个人，前几天我试着打电话去联系，但这位女士已经在一九八四年去世了，她丈夫约翰·马纳汉先生也在大前年，即一九九〇年去世了。我听说他们夫妻很怪，门前杂草丛生，不加修剪，家里有无数只猫，到处是猫粪。邻居们也没办法，极少接近他们。

期待某日与你们相遇。

你们亲爱的利奥那

影迷来信是从横滨的旭区鹤峰本町寄出的，以下为全文引用：

松崎利奥那女士：

我一直以来就十分仰慕您，是您的铁杆粉丝。从杂志采访或者电台访谈等渠道一了解到您爱用的化妆品、内衣品牌，还有您喜欢的西服品牌等，我就马上买来用。杂志只要刊登您当模特的照片，我就尽可能收集。您当主持人的电台节目，我也一期不落。之所以会这样，是因为我从小就长得高，做过一些模特的工作，与您有许多相似之处，虽然跟您完全没法比。

因此，只要朋友们说我有一点点像您，我就很高兴。希望今后您能一直这样加油下去。不过回头想想，大家写的内容也都与我大同小异吧。您读了，感觉"又是这些"，所以我就此打住吧。

其实这次给您写信，是出于很私人的原因，想来挺怪——抱歉是一个怪异的请求。这是我爷爷的遗言，所以我有义务来完成，就写了。虽然打搅了您，但请您为了我爷爷的心愿读一读好吗？因为爷爷对我真的非常好，简直超过我爸爸了，连我的朋友都感到吃惊。

我爷爷出生于明治时代，经常跟我一起收听您的节目，每个星期都乐此不疲。爷爷眼睛不行，但耳朵还不错，所以喜欢收音机比电视机多一些。爷爷也是您的铁杆粉丝。

某次，也就是定下来由您主演瓦诺文导演的《花魁》、您要前往美国之后，爷爷通过收音机知道了这个消息，就一再求我"给松崎女士写封信""打电话给松崎女士让她帮忙捎个话"。

我怎么可能轻易就给大明星利奥那女士"打个电话"呢？爷爷有时候有点痴呆，所以一开始，我也不太当回事。但他实在说了很多次，我就问他捎什么话。他说转达一句话："对住在弗吉尼亚州夏洛茨维尔的安娜·安德森·马纳汉女士说'仓持很抱歉'。"

我问他:"只一句'很抱歉'就行了?"他说,我想说"在柏林做了很对不起她的事情"。他甚至很夸张地说,不将这句话带给那个人,死也不安心。

我问他为什么,他什么也不说。似乎有什么秘密吧,他只说希望捎那么句话。我说,就那么点事情的话,自己打个电话跟安娜女士说就行了啊,可他说自己做不到。我开玩笑说,那我代您打吧,他却真的生气了,说绝对不行,你绝对不能见安娜女士。我还问,为什么得利奥那女士捎话呢?他也不说理由。也许他听了广播节目,心有所感吧。

我爷爷上个月去世了。他九十二岁高龄了,很长寿。所以我并不感到特别悲伤,只是临终之际,爷爷把我叫到枕边,这样说道:"我希望向安娜·安德森·马纳汉女士道歉,我真的做了很对不起她的事情。"他不停地说着,泪流不止。那是我第一次看到爷爷流眼泪。

之后,爷爷又像说胡话似的,再三说要把挂在箱根的富士屋酒店主楼一层魔术室暖炉上方的照片给马纳汉女士看。听了这样的嘱托,我也很为难。可爷爷一再说,只要有这张照片,安娜女士就可以避免遭受迫害了,可安娜女士不知道这张照片或者是忘了。随后爷爷就去世了。

我完全不明白是怎么回事。那家酒店里真有所谓的魔术室吗?我觉得,肯定是爷爷临终之际错认我是另一个人了。可是，置之不理的话，好像挺对不起爷爷的，所以我就姑且写了这样一封信。虽然我爸爸说"没事，不用管它"，但我爱爷爷。您是大明星，肯定超忙，这样的事情不好郑重其事地拜托您，我只是尽义务，仅此一次，写这封信试试。抱歉实在是一封奇怪的信。

不过我最后说一句：爷爷从前以第一名的成绩毕业于日本陆军大学，太平洋战争时好像是个上校。所以他不是脑子有问题的人，甚至可以说脑子很好吧。直到前不久，陆上自卫队的大人物还不时地来家里听取爷爷的意见。爷爷还写了两本书，虽然是在小出版社出版的。他说，书跟安娜女士无关，是传记，关于太平洋战争和出兵西伯利亚时的田中义一。

好了，请加油。我很期待《花魁》完成拍摄。对了，爷爷从前曾对我这样说：幕府时代末期到明治那阵子，横滨有个叫"港崎"的、非常大的红灯区。那里的名妓或嫁美国人、或做美国人的小妾，被称为"洋妾"，受尽日本人的白眼。他说，她们在路上会被小孩子扔石头，而这样的坏习惯竟然延续到昭和年代。您拍的影片，说的就是这些事情吧。他说，这个红灯区在现今的横滨球场附近，遭遇一场大火之后，搬去了其他地方。

电影上映后，我肯定头一个去看。一出录像带或者光碟，我会马上买下来。我也关注着登在杂志上的拍摄简报。如果让爷爷也看看就好了。爷爷真是您的忠实影迷啊。不妨说,您就是爷爷的苏格兰公主。

哦,还有我爸爸也是您的忠实影迷。他说,您从前去过一次他工作的、横滨站旁的西餐厅。那小餐厅叫"MANOSU",位于西口的江边。您大概已经记不得了。我爸爸已经六十四岁了,还热心地操劳着店里的事情。

下笔千言,说了一堆怪事,很抱歉。我觉得您是位世界级大明星,定会让全世界观众刮目相看。请加油吧。非常感谢您读完这封信,再见。

仓持百合

御手洗坐在沙发上,双手抱在胸前,两条腿搁在桌子上,不甚雅观。他定定地看着我读信,似乎在等我读完。看我读完了,他马上问我:"石冈,你感觉如何?"

于是,我从信纸上抬起头来,回答道:

"读是读过了,但不明白是怎么回事。你有什么头绪吗?"

御手洗若有所思地说:

"没想好。不过我觉得,这个故事有好几种可能性。"

"怎么讲?"

"太多了,说不出来。先听听你的印象吧。"

"要说印象,什么都没有嘛。首先,这封信现在才被发现已经太迟了。即便我们有兴趣,现在开始调查的话,也为时已晚。这位老爷爷已经去世了,而他请求传话的这位安娜女士也已经死了吧?那个人的丈夫也死了。现在做什么都是徒劳的。"

"嗯,或许是这样吧。"

御手洗也说道。

"是叫马纳汉女士吧?虽然不知道她是干什么的,即便这位安娜女士现在仍活着,由利奥那女士——或者不是她、我们也行,硬是将仓持小姐爷爷的话转达过去,也不会发生什么事情吧?又不是帮了谁的大忙,只是说'日本一位叫仓持的先生向您道歉',对方就说'哦,是么,谢谢',就这样了事了吧?"

"大概也就这样。"

"我感觉,即便我们想向这名仓持百合小姐再问问情况,恐怕她知道的都已经写在信上了吧。"

我这么一说,御手洗点了点头。然后,他说道:

"恐怕是这样。其他的呢?"

"老人家痴呆了吧?他认为好莱坞挨着弗吉尼亚呢。"

"那是利奥那的意见吧。"

御手洗说道。

"不过,他这是把整个美国看成一座大城市,就像是说'因为你在美国,就请你给美国人捎个话';

这就像对我们说'请你给北海道的某某捎个话'是一样的吧？"

"'在柏林'什么的，他却又说得如此准确？"

"准确？"

"这位老人说的地点范围，前后是一致的。"

"痴呆老人不是这样？"

"更加混淆不清才是。"

"可是……总之，这是一件挺乏味的事情。"

我说道。御手洗站了起来。然后，他说道：

"你读一下信封上的寄件地址。"

他随即拿起了电话。我边读，他边对着话筒复述。似乎是打给查询热线，想知道仓持百合的电话号码。好像很快就得到了电话号码，他又拨起号来。

"喂喂，请找仓持百合小姐听电话。我姓御手洗。"

然后，他稍微停顿了一会儿，听对方说话，随即惊呼道：

"去世了？去年？因为交通事故？"

我也大吃一惊。

"那您是哪位？哦，是百合的父亲。那您就是一九八四年去世的老爷爷的儿子，对吧？原来是这样。您好，冒昧打扰了，我姓御手洗。方便请教您的姓名吗？哦？哦？汉字怎么写？明白明白……是寝室的'寝'、无法无天的'无'、里面的'里'，也就是

'寝无里'——是这样的名字啊。噢……挺罕见的啊。我自己的姓也常被人说挺特别,哦,我叫御手洗洁。对对,正是,没错!"

说到这个话题,御手洗总是快刀斩乱麻。

"寝无里先生,关于百合姑娘的爷爷,您知道哪些情况呢?呵呵,完全不清楚啊。老爷爷的姓名是?平八。噢,不好意思,想问一下您太太的情况……去世了。原来是这样啊。那关于平八先生的太太……噢噢,平八先生单身了一辈子。明白了,非常感谢。"

御手洗慢慢地搁下了电话。

"全都去世了?"

我问道。

"对,除了这名父亲,全都不在了。而且,这名活着的父亲,挺会装疯卖傻。"

御手洗没有坐回沙发,来回踱起步来。

"这样的话,可就无从了解了。登场人物全都死了。唯一活下来的人,名字是瞌睡先生[①]。"

我笑了起来。

"又有痴呆老人出场?"

"对,追加一位。"

"你刚才是不是说仓持百合的爷爷一辈子单身?"

我问道。御手洗一边背着我踱步,一边应道:

[①] 寝无里,日语ねむさと,有"睡眠"之义。

"对。"

"那怎么会有百合的父亲这个人呢?"

我笑着说,但御手洗不知何故一本正经。有事情勾起了他的心事。但是,我不明白其中的理由。

这样的案子还是头一回。没有委托人,相关人士又都死了。也就是说,无从调查事件当事人,即便查了案子,也没人获益、没人高兴。进一步说,决定性的一点:此事件本身看不出一点有趣的地方。仅仅是一个日本老人捎话给一个美国老人,丝毫没有动人之处。

"没见过如此乏味的案子。"

他也说道。

"噢噢,乏味得很,我差点打瞌睡了。"

我也说道。

"确实乏味,但是,我们此刻比这更乏味。"

御手洗一边回到沙发上坐下,一边说:

"加上外头太热,这样子的话,工作也做不下去。石冈,你不想逃离这个地面全都被石板盖住的城市吗?"

"所见略同。"

我嘴里说着,摸不清他的真实意图,盯着他的脸。

"我感觉箱根的山里或者芦之湖的湖边会凉快一点。我们带上几本书和电脑,在富士屋酒店里头工作,意下如何?"

我吃了一惊，转念觉得这提议也不错，想了想之后，回应道：

"好啊！"

很久没去箱根了。上午漫步在蝉鸣的树林里，下午在树荫下读书。只要这般遐想一下，就是一个极大的诱惑。

假如不是那年横滨的夏天如此闷热，而御手洗又那么无聊，我觉得，这封信就会被插在厨房信袋里无人问津，就此被忘却吧。

2

我们决定搭新干线从新横滨站前往小田原站，在那里换乘箱根登山列车去富士屋酒店。

抵达小田原站，站在箱根登山列车的月台入口前，看见电子显示屏上介绍：登山列车是日本唯一的"之字爬坡式"山岳铁道，途中三次走"之字式"爬坡，克服千分之八十的陡坡。另外，为了拐过半径为三十米的急弯，须边开边洒水。大概是为了减少车厢与路轨间的磨损吧。

目的地似乎在比想象中更高的山上。富士屋酒店应在宫之下站下车。从小田原站短短的月台，可以看见小田原城，那里挤满了上了年纪的人。

搭乘登山列车上箱根山期间，我向御手洗打听了许多事情。我想知道，这么一封从任何角度看都没什么大不了的信，他为何如此关注？

没什么呀，他回应我的问题。就为了避暑而已嘛。但是，我熟知他的套路，揪住不放。即便看上去很自然，一般来说，他暗中总有这么做的理由。也就是说，我们看不到的某种东西，已经被他发现了。

我们只是平民百姓，这阵子因御手洗声誉渐隆，也多少可以享受一点特殊待遇。我打电话到富士屋酒店预订，被告知这样的避暑高峰期，而且是临时订房，房间早已被订满，需等候一个星期。但是，当我报出御手洗的名字，负责人一听就格外惊喜，答应为我们想办法。也许他觉得，酒店名字有机会出现在媒体上，能带来宣传效果吧。于是，我们就这样直接出发去箱根了。

当然，这些事情我都没有对他说。因为我知道他最讨厌这样的特殊待遇。我也并不喜欢干这种事情。说来有点复杂：御手洗想调查某件事情的时候，最不喜欢干等着，所以，作为特例，我也就接受了人家的好意。

"这家富士屋，可是东洋第一呢。"

接近箱根时，御手洗说道。

"哪些方面是东洋第一？"

"在规模和历史上都是。它最早建于明治时期，属外国人专用。因为这里是看得见富士山的胜景之地啊。对于来日本的外国人而言，富士山曾是他们十分向往的景点之一。"

"噢噢，是这样啊。从前就是吗？"

"嗯，从幕末时期开始，关内的外国人，最远可以去镰仓。而镰仓以西，就必须凭护照才能去。幕府倒台之后，国内旅行解禁，规定了法定货币，修建了铁路，出现了旅行热。那时候，外国人最爱去的就是箱根和富士山。不过，当时日本除了横滨之外，还没有西式酒店。所以，横滨红灯区经营者的养子山口仙之助，就在箱根建起了真正的西式酒店。山口仙之助曾跟随岩仓具视的使节团访问旧金山。因为仙之助曾在旧金山的餐馆打工，所以有西餐和酒店经营方面的知识。

"然而当时箱根的山里尚未开发，没有通电，更没有商家售卖制作西餐的蔬菜，连种植这些蔬菜的农家都没有。路到山脚就没了。之前甚至没有开通往来东京和横滨的铁路。为了建酒店，必须从建设发电厂、种植西餐蔬菜、设立屠宰场、修马路做起。石冈，你知道这意味着什么吗？"

"啊？我不知道。"

"可能一半都是明治政府建设的。"

"建这个酒店？"

"弄好可以建酒店的基础设施嘛。这需要巨额资金，并非个人可以搞定的项目。"

"确实，连建发电厂、修公路、通铁路都包了啊。"我也说道。

"相当于鹿鸣馆啦。"

"嗯？"

"这种在名胜之地建的酒店，属于外国人专用，来者都是各国政要。也就是说，都是一些影响日本国家利益的大人物。这么一来，这家酒店可能就算国家机关的一部分了。"

"哦，这怎么说？"

"经营方针就是为国家利益服务。考虑到当时的形势，有充分的可能性。如果这家酒店是半政府机构，就有可能知道很多国家秘密。"

"真的？"

"不清楚。"

"嘿，你在开玩笑啊。"

"这家酒店本身就是一部日本近代史。历史上著名的访日外国人几乎都住在富士屋。决定日本命运的历史性秘密会谈，大多也是在这家酒店举行。"

"你了解得真详细。"

御手洗是个极端之人，他可以在某些事情上无所不知，但一些极常识的事情，他一无所知。沙丁鱼的价格、火腿的价格、所住房间的租价，这些恐怕他都不知道。关于箱根的酒店的情况，我原以为属于这一方面呢。所以我颇为吃惊。

"机缘巧合下,我才了解到这些情况的。"

御手洗说道。

"机缘巧合?"

"不好意思,我现在没有心情说这个。总而言之,富士屋是对日本史内幕了解得一清二楚的酒店。你刚才想知道的理由之一,正是这一点。如果不出现富士屋的名字,我大脑的指针不会轻易摆动。柏林、富士屋,一条意味深长的线索啊。何况还有田中义一和西伯利亚呢!"

御手洗满意地微笑着,两手击掌握合,在面前使劲晃几下。在他的对面,夏天翠绿的树木一晃而过。我不明白的某件事情,让这名友人心情大好。

"从里头挖出点东西来也不奇怪。"

"挖出点东西?究竟是什么东西?"

"某种匪夷所思的东西吧。所谓'历史的诱惑'吧。那是一种不能写进高中教科书的真实情况。教科书类似新员工向公司提交的履历书,属于一本正经的假大空。我期待酒店负责人能给我说明这方面的情况……"

然后,他将视线移向窗外。

"其二呢?"

我问道。

"还有二吗?"

御手洗将视线收了回来,说道。

"这个嘛。"

他凝视着空中好一会儿，思考着。

"你们似乎都觉得那不过是一个痴呆老人的胡言乱语，但那可是一名军人临终之际含泪恳求的事情。得有人行动起来啊。"

路过塔之泽，短短的隧道多了起来，映现一派登山列车的景色。走"之字形"观赏景色太棒了。每次电气列车在信号场停下时，司机和售票员就下车，一步一步走到相反一侧的驾驶席，然后再开动。就这样从小田原算起，过了大约三十分钟，列车抵达宫之下站。

名副其实的小站风情！此站位于万绿丛中，仿佛一个缆车站。出了车站，有一个"紫阳花斜坡"，下坡就到了国道一号线。这里有标着富士屋方向的指示牌，附有登山列车时刻表。

左转。一号线的路不太宽阔，车流量又大，而且多是巴士和大货车，所以不好走。右手边有一家叫"奈良屋"的日式旅馆。

"以前这家奈良屋和富士屋曾是竞争对手呢。富士屋招待外国游客，奈良屋招待日本游客，各自专于自己的领域。"

御手洗说道。

奈良屋对面是"岛照相馆"，展示橱窗里装饰着入住过富士屋的名人照片。有穿和服的海伦·凯勒、穿网球服的查理·卓别林、带着洋子夫人和儿子的约翰·列侬，等等，突显出了富士屋这家酒店的特点。

富士屋位于一号线向右拐的拐角处，也就是说，位于走一号线的人视觉尽头的位置。它嵌于绿色之中，颇具风情。

在此起彼伏的蝉鸣声中，我们登上了被一片绿色包围的石阶。迎面是座装着红色栏杆的和风小桥，过桥之后还是石阶。树荫下日光斑驳，清风徐来。虽也有近黄昏的因素，但总比横滨凉快。往前看得见停车门廊，然后就是酒店正门了。

进入正门往前走，又是装有红色扶手的和风石阶。走完石阶就是阳光房，再向前就是酒店前台。办理完入住后得知这里是主楼，为我们准备的花殿楼是另一栋楼，应该还要穿过走廊再走一段距离。酒店规模的确很大。

按照酒店员工指示的方向走，来到铺红地毯的窄廊。往左边走，沿途是许多装框悬挂的照片，都是明治、大正、昭和时期入住富士屋的重要客人，诸如美智子皇后年轻时与父母入住酒店时的合照等。的确，照这样子看，假如这酒店某处有大正时期的奇特照片，也并不奇怪。

在花殿楼的一个房间里放下行李，换上圆领T恤衫，穿过树木之间的风从窗户吹入房间。不久传来轻轻的敲门声，应门之后，一名和蔼的银发绅士进来了，他身穿黑色西装、打着领结，自我介绍是酒店负责人村木。我也寒暄致意，感谢他的优先安排。

他笑容可掬地说拜读过我的作品，女儿是我们的忠实读者。之后又问今天过来的目的，我说我只是来避暑的，但御手洗说想看看挂在主楼一层墙上的照片。于是，负责人又问是怎样的照片。因对方还是笑意盈盈，我就解释说，是挂在一个叫"魔术室"的房间暖炉上的照片。一瞬间，村木脸上的笑容消失了。我不禁吃了一惊。

他又问事情的起因，我就稍微解释了事情的经过，是因为美国的松崎利奥那的来信。因为提到了利奥那的名字，对方似乎更加吃惊了。

"那么，松崎利奥那女士也知道那张照片的事吗？"村木问道。

"那我就不知道了。"

我说道。村木发呆似的沉默了，我感觉有必要再问一下，这里面似乎有什么隐情。

"这里真有'魔术室'吗？"

我问道。

"有。"

因为村木说得轻松，我吃了一惊。竟然真的有！

"为什么叫'魔术室'这个名字呢？"

我问道。

"以前在我们酒店长时间逗留的客人挺多的，这些人士渐渐就感觉无聊。于是我们就请来魔术师，在暖炉前面表演魔术，这就是'魔术室'得名的由来。客人们会围在暖炉旁观看魔术表演。现在已经没有这样的做法了，魔术师也难得一见啦。"

"这间魔术室在哪里呢？"

"就挨着刚才办理入住的前台、楼梯的旁边。名称是'休息室'。"

"哦哦，是休息室。那个暖炉呢？"

"暖炉现在还保留着。"

村木眼看着表情越发僵硬起来。

"那里有什么挺特别的照片吗？"

我问道。

"噢……没有，现在已经没有了……"

"咦，没有了？"

那就很遗憾了，白跑一趟。

"不，在仓库里找找的话，肯定还在的。"

"是什么样的照片？"

"您不知道吗？"

"我不知道。"

"照您说的情况，我觉得是那张幽灵军舰的照片……"

村木说道。

"幽灵军舰？"

我大吃一惊，说道。

"对。"

村木说话的表情似乎有点歉意。

"那是什么样的东西呢?"

我突然来了兴趣,变成了追问的语气,差一点就要揪住村木的领子了。

"我们魔术室的暖炉前,渐渐成了大家聚谈奇闻逸事的地方,酒店方面也就提出是否弄一张怪异照片,遂把一张珍藏的怪异照片装框挂在了暖炉上方。有那么一段时间——说来也是很久以前的事情了,那张照片获得好事者的相当好评。甚至有人特地老远跑来住,就为了看这张照片。"

"噢噢!"

我吃了一惊。但是,内心里头乐开了花。因为我做梦也没有想到,竟有这种事情等着我们!究竟是怎样的照片呢?

"我们都有点害怕,所以就在差不多十年前,把照片从墙上取下来,收进了仓库。您看,要我派人去找出来吗?"

负责人看着我的脸问道,一副不大起劲的样子。

"好的,如果可以的话,就有劳您了……我们大老远赶来,就为了一睹它的尊容啊。御手洗是想看看的,如果能找到,那就太感激了。"

我客气地说着,但语气也很坚定。可别只听到有趣的故事,却不能一睹实物而归。

"我明白了。不愧是御手洗先生,竟然看中了那张照片。"

村木的夸奖挺牵强,又不是他御手洗找出来的。

"但是对于我们来说,想来这样做也挺不错。假如有御手洗先生介入,那张照片之谜也终可解开了吧。这可是件好事。对于相关人士而言,那可是遗留多年的谜了。"

"这是一个遗留多年的谜?"

"对。"

"是怎样的谜?为什么说是'幽灵'?"

我问道。

"是灵异照片之类的吗?拍摄某个人的时候,身后出现婴儿的灵之类……"

我这么一说,村木苦笑起来:

"不……不是那种东西……"

"不是那些司空见惯的东西吧。"

"不一样。"

听他这么说,我越发感到好奇。要是常见的灵异照片,就没意思了。村木说道:

"说来话长。那张照片的存在,很长时间以来是个秘密。我们酒店员工是不可以谈论的。虽然以前就听说过,但表面上就当它不存在。"

"为什么呢?"

"我不清楚,说法挺多的。最初传开来的,是幽灵汽车、幽灵巴士一类的灵异故事。说是半夜三点钟，开着车灯的汽车排成一长列在山里行驶，但是车里并没有人。当时国道一号线刚修好，还没有铺路面。不过问了人，没人开过这样的汽车。渐渐越扯越离谱……"

"噢噢。"

我附和着，等着他继续说下去，但村木似乎不知该怎么往下说。

"似乎战前军部禁止谈论此事。我们也不明白是为什么。到了战后，就是一九六五年左右，有人在附近的照相馆发现了玻璃照相干板①。大家议论纷纷，觉得照片可能有问题，也没怎么理会——军队不存在了嘛。因为照片挺不可思议的，就冲洗出来装了框，挂在主楼魔术室作装饰。这一来，还挺获好评的。"

"这就是'幽灵照片'吗？"

"对，就是这张。"

"是什么的幽灵？为什么说是幽灵？"

"唔……要说为什么，因为地点是芦之湖吧。"

村木语焉不详。

"那是照片的拍摄地，对吧？"

"是的。"

"那地方怎么了？"

我追问道。

---

① 干板是表面涂有感光药膜的玻璃片，用于照相。也叫硬片。

"众所周知,芦之湖是山中之湖,这样的地方是不可能有军舰的。"

"噢?"

我一瞬间不明白这话的意思。

"您是说,照片上拍到了军舰是吗?"

我问道。

"对,是的。"

"啊?"

我瞠目结舌。

"芦之湖上有军舰……"

"对。"

村木仍是一副笑脸,若无其事地点点头。

"军舰开来了?"

"对,没错。"

"怎么来的?"

"不知道。"

村木笑着摇摇头。

"那是……哪国的军舰?日本的吗?"

"不,好像是俄国的。"

"俄国的?"

我又干瞪眼了。因为俄国着实出乎我的意料,我原以为,要不是日本的,要不就是美国的。

"怎么知道是俄国的呢?"

"有一只双头鹰,脸向着左右两边,上面戴着一顶皇冠，就是罗曼诺夫家族的族徽啦。有这皇室家徽的旗帜立在船头，船身也有相同的家徽。来住酒店的好几位历史学家也这么说……"

"说俄国的话，是指革命前的俄国吧？"

"对，是革命前的。而且，这里面还有些因缘……"

"因缘？"

"是的。"

"怎么回事呢？"

"说到本酒店迄今最尊贵的客人，当然我们的天皇陛下另当别论——是俄国的罗曼诺夫皇太子。"

"啊，是罗曼诺夫的……"

"没错。就是尼古拉二世啦。他在皇太子时代环游世界一周，作为当沙皇的社会观察、学习。中途落脚日本时，决定住我们酒店。因为这是非常光荣的事情，为了迎接皇太子殿下，我们决定建起现在的主楼。"

"噢噢。"

"所以说罗曼诺夫家族的尼古拉皇太子殿下给我们带来了发展契机。"

"那是什么时候的事情？"

"是明治二十四年，因这件大事，我们酒店终于达到了真正的国际酒店水平。"

"噢！"

"这时候，出了点意想不到的事情呢。"

"意想不到的事情？"

"对。"

"是怎么回事呢？"

"此时的日本，有人谋划着暗杀尼古拉皇太子殿下。您知道吗？"

"不知道。"

我摇了摇头。

"以前酒店有照片展示，我大概记得，皇太子殿下在明治二十四年的四月二十七日，乘坐'亚速纪念号'俄国军舰抵达长崎港。"

"啊，他是搭乘军舰来的？"

"对，是乘军舰来的。随后就顺着长崎、鹿儿岛、神户、京都，一路游览日本，然后来到大津，参观琵琶湖。"

"噢。"

"他在京都住下来，第二天在滋贺县政府大楼用餐，下午一点半乘人力车返回京都。那是五月十一日的事。而就在大津市的京町路，他被一名叫津田三藏的警察用佩刀袭击了。"

"啊？"

"殿下额头受了两处刀伤。他马上跳下人力车逃走，随行的警察们立即制服了津田，但殿下额头的伤口相当深。"

"那个姓津田的人是警察？"

"是的,他是被派去警戒围观人群的警察。他当时三十六岁,是滋贺县守山警署的警察。这个津田是士族出身,明治维新时参加政府军作战。因为他也站街参与保安工作,出手袭击轻而易举。他用来袭击的长刀,是警方的佩刀。"

"他为何要袭击尼古拉皇太子殿下呢?"

"当时日俄关系很差,几乎要发生战争,所以津田认为皇太子是来日本搞间谍活动的。另外津田很穷,有着强烈的仇富意识。他自认为是主持正义吧。"

"是这样啊。"

"但是邀请皇太子来日的是日本政府,政府正想通过热情款待罗曼诺夫王朝的皇太子,尽量避免战争呢。于是日本从上到下一片混乱,政府担心不判津田死刑的话,日俄就会走向战争。俄国公使谢洛希亚也为此向日方施加压力。因此发生了烈女畠山勇子在京都府大门前自杀、向俄国谢罪的事情。"

"什么!"

"明治天皇从东京来到京都,亲往常盘酒店探视正在治疗、休养的尼古拉皇太子殿下。以伊藤博文为中心的明治新政府,也对司法部门施加了强大的压力,希望将津田判处死刑。不过,儿岛惟谦法官却坚持依国内法判刑,将津田处以无期徒刑。这下激怒了内务大臣西乡从道等人,据说后者怒斥儿岛说,你就睁眼看着战争发生、国家灭亡吧!但儿岛向伊藤等人表示，想让我判死刑的话，请拿出明治天皇下的敕命，那我可以判他死刑。"

"明治天皇没有下敕命吧？"

"没下。但这个判断是正确的，俄国皇室没有因此事向日本政府要求赔偿。"

"啊……那战争也没有发生？"

"没有因为这件事情发生战争。而且，这件事情依法行事，在欧美得到很高评价，对后来废除不平等条约起了推动作用，提高了国家地位。后来皇太子继续旅行，按计划入住我们酒店疗养并且逗留。据说他在芦之湖畔漫步、眺望富士山时，好几次向身边人说，死后的世界，恐怕不外如是吧。"

"噢！"

"因为皇太子殿下前些天差一点死于非命，所以有感而发。自己要是死了，可能就会来这样的地方吧。这样的经历，对于年轻的殿下而言，应该是头一次，所以，他对于自己死后有了深入的思考吧。

"因为这样，也有灵学的先生说这是尼古拉殿下之灵又搭乘军舰回来了。他十分喜欢这家酒店，肯定暗自下了决心，自己死后就来这里。热议的幽灵军舰照片的拍摄时间，正是尼古拉殿下在革命中刚刚遇害之后……"

"噢……"

我沉默了，思考起来。过了一会儿，我尝试着说道：

"这故事太震撼了，不过现实中无论如何都不可能有那种事情吧。那张照片是哪个年头的事情？"

我不相信这种事。一定是某种误会吧？

"是大正八年，因为照片背后写着。"

"大正八年……"

"是的。"

"换算成公历的话……"

我想在心里头换算一下，但说到大正，我完全记不得了。

"是一九一九年吧。"

在我脑子里，来自孙女信上的、仓持平八最后的话复苏了：我希望转告，仓持对柏林的事情道歉。这里的"柏林的事情"，是这艘幽灵军舰之后的事情吗？

"所以我们都很吃惊啊。"

村木说道，但头一次听说此事的我，吃惊程度是他的三倍！这简直就是妖魔鬼怪的故事。遇害的俄国沙皇之灵搭乘军舰返回箱根？我竟不知道大正的箱根有这样的鬼怪故事。

"可我还是难以置信，在芦之湖水面上拍到了那艘军舰吗？"

"对呀，不如说照片上是军舰抵达了芦之湖港口，俄国和日本的军人正一个接一个走下船去……"

"什么！竟然是那样的照片？"

"是的。"

我又哑口无言了。村木接着说道：

"并且那些人都是已经去世的人。"

"去世的人？"

"据熟悉俄国历史的人说，从他们的穿着上看，好像是被革命军消灭的白军军人。"

惊讶过后，我瞠目结舌。听说过这样的怪谈——民间把山野间夜晚连成排的磷火说成是狐狸嫁女。照片上莫非是俄国军人的亡灵在游荡么？

"拍到的那些人之中有沙皇吗？"

"不，没听说有沙皇。"

"之后呢？那艘军舰怎么了？"

"消失了……就那个晚上有。"

我又吃了一惊。

"消失……了？那么说，它返回俄国了？"

"肯定不会吧。"

村木一本正经地说。

"这么说，"我笑了起来，这么不着边际的事情，真是闻所未闻，"那军舰是这附近的某些人制造的吧。大概是船工木匠模仿军舰造了一个模型吧？"

我说道，除此以外无法解释。

"不会的。"

村木认真地予以否定。

"警方也调查过。彻查了附近的船工、木匠、铁匠。没有人做过这样的事情。而且俄国军舰现身也仅在那个晚上，在这之前，芦之湖上都没人见过军舰的影子。"

于是，我只好呆立着无言以对。我真不知该说什么好。又出现新的鬼怪故事了。我头一次听说什么"军舰的幽灵"。

"那我这就去主楼一层的魔术室，在暖炉前的位子上等您。照片的话，我立刻派人去找。"

因为我沉默了，村木便如此说道。

"好的，实在不好意思。有劳您了。我也马上带御手洗先生下楼。"我醒悟过来，连忙说道，"刚才的情况，我也会跟御手洗先生说明的。"

暂时的混乱之后，我再次被强烈的兴趣攫住：好家伙，那照片是非看不可了！

"明白了。不过找照片也需要点时间。"

酒店负责人说道。

"不要紧。只要在我们入住期间能看到就行。不过，我们绝对要亲眼目睹。"

我态度坚定地说道。我甚至想说，我们可以一直住到照片找到为止。

"好的，我觉得不成问题。只要不是有人下令扔掉，它必然还在这家酒店里。"

我心里头一紧：也有可能被处理掉？那就麻烦了。

村木再次跟我说明了魔术室的位置，然后鞠躬告辞，离开了走廊。于是，我再次进入出神状态：芦之湖上有俄罗斯军舰？为什么会出现如此不合理的事情呢？

我回想起居住在横滨旭区鹤峰的旧军人仓持平八。军舰让我想到了他军人的身份。他是这样说的：希望美国的老妇人安娜·安德森·马纳汉看看这张照片，这样的话，她就可以避免遭受迫害了。这位叫安娜的妇人忘记这张照片了。

这些究竟是什么意思呢？所谓"迫害"，是怎么回事？这位名叫安娜·安德森的妇人是什么人？而仓持自己又是什么人？横跨日、美、俄的这件事情，究竟怎么联系起来？它又想对我诉说什么呢？

3

我陪御手洗进入主楼的魔术室时，村木早已站在暖炉前等着我们。村木一见御手洗的身影，马上像一个上了发条的人偶一样往前一蹦，然后说：

"欢迎御手洗先生大驾光临，见到您非常荣幸。"

他柔和地微笑着，满头银发的脑袋深深低下去，伸出了右手。御手洗握住那只手时，村木两手紧紧包住了御手洗的手。看他那样子，我疑心不是他女儿而是他本人是御手洗的热心读者。

"'幽灵军舰'是个很有魅力的谜团啊。"

御手洗说道。

"是啊,可真是个大难题。来来,您请坐。"

酒店负责人急忙示意沙发。

魔术室由六个空间构成,各个空间都有会客设施且不隔开。这里有一种古董商店的感觉,说好听点,很有岁月沉淀的味道。木质护墙板,其上涂刷了灰泥,天花板也涂刷了灰泥,照明是偏黄的柔和灯光。在沙发上落座后,我平静了下来。

在东京,已经没有酒店拥有如此古雅的会客室了。从窗帘的缝隙,看得见一号楼的白色外墙。村木为我们准备的地方是六个空间里唯一有暖炉的,看来这是他特意为我们保留的特等席位。

村木等我们按其示意落座后,便在我们对面的沙发上坐了下来。这种接待客人的方式,似乎是长期从事酒店工作的他所擅长的。

"找到照片了吗?"

御手洗边坐下边问。我瞄了一眼近天花板的白色墙壁。此刻那里挂着一张黄昏富士山的照片。

"正在派人寻找。差不多该有回音了吧。"

"好气派的酒店啊。我听说了许多山口仙之助先生在创建酒店时历尽艰辛的故事。"

御手洗说道。

"您是头一次光临本酒店吧?"

村木说道。

"是的。"

御手洗说道。

"可您似乎很了解创业者的情况啊。"

村木将烟灰缸挪到一边，说道。

"因为我对日本近代史挺感兴趣的。昭和十六年夏天，丰田外相是在这里会见英国大使的，对吧？"

"哦哦，应该是吧。感觉从前辈那里听说过。您知道得比我还要清楚啊。"

村木苦笑道。

"那是一次重要的会面。"

御手洗并没有亲历那个时代，却感慨良多地说道。

"御手洗先生，莫非令尊大人曾在外务省待过？"

听村木这么说，御手洗耸了耸肩，然后冷淡地说道：

"不是。"

然后，御手洗说起了别的话题。

"仙之助先生是关内的西餐馆店主的儿子，对吧？"

"是的。应该是关内一家叫'NUMBER NINE'的西餐馆。"

村木回应道。

"这家西餐馆的名字有何来历吗？是外国人居留地的九号区吧？"

御手洗问道。

"大概是吧。"

"但是,九号区的话,似乎是法国人的区域啊,却弄一个英语名字,也挺怪的吧。"

"是吗?那恐怕是过了些时候才那样的吧。那里原本应是青楼……总之,在岩仓使节团离开横滨前夕,'NUMBER NINE'遭了火灾,使得仙之助无家可归,只好求不时来店用餐的岩仓先生收自己为随从,硬是挤进了使节团。"

御手洗点头说道:"出发时间是明治四年吧?"

"我觉得应该是。成员都是些大人物,有岩仓具视、木户孝允、大久保利通、伊藤博文。连团琢磨也在里面。"

"我记得还有女性对吧?"

"对。有津田梅子女士,是后来的津田塾大学的创立者呢。山川舍松女士,这一位后来成为鹿鸣馆的女主人。永井繁子女士,是艺术大学的第一位日本钢琴教授。"

"都是奠定新日本的人才啊。"

"是的。不过,只有山口仙之助是死乞白赖跟去的,他是一介平民,就他一个不是官费留学。其他人都是华族、士族出身。所以在旧金山登岸之后,大家四散去各地的民家,而仙之助因为没钱,就一直逗留在旧金山,从洗碗洗碟子开始,在餐馆、酒店打工。"

"一到国外,往往是酒店决定一个人对那个国家印象的好坏。"

我根据自己那么一丁点儿的经验说道。

"是这样的。所以大家都写到了这个使节团入住旧金山的酒店时很吃惊的印象。什么一拉绳子,侍应就飞跑而来啦;进了理发店,就像到了大街上之类。所以仙之助也学习了整整三年,之后返回横滨,据说从美国带回了七头种牛。但他在横滨经营牧场失败了,于是经营起了面向外国人的酒店。"

"做酒店这事,是他自己想出来的吗?"

"不是。他返回横滨时,也就二十三岁吧。我听说他后来入读庆应义塾,是福泽谕吉和政府方面的人建议他的。"

御手洗点点头。

"后来的事情两位应该已经很清楚了吧?当时这里一无所有,就连发电站,也必须先建一个。好不容易道路通了,还修了铁路,具备了所谓的基础设施。没有这些,根本谈不上什么建酒店。顾客来不了,食材也运送不过来。"

"那投资额,可不是一个二十三岁,而且曾经营牧场失败的年轻人所能筹措到的。"

御手洗说道。

"噢……在当时来说,确实是您说的那样吧。"

"这里最初是专门接待外国客人的,对吧?"

"是的。仙之助觉得赚日本人的钱就像儿子赚父母的钱一样。"

"这里是收购旧的日式旅馆改建而成的吧?"

"是的。这里的历史是从收购一家叫'藤屋'的旅馆开始的。藤屋据说是当年丰臣秀吉攻打小田原时逗留的地方。所以,这家旅馆在那时就已经有五百年的历史了。"

"把这家旅馆改造成了西式风格?"

"对。原以为这里既然有旅馆,理应有供给食材的渠道。但实际上一用起来,完全不是那回事。据说肉和面包要走铁路、马车,从横滨运到小田原,往后这一段路,每天天未亮就肩扛担挑、用人力运送到酒店。菜式内容跟日本餐不同,所以食材完全不一样。这样子才勉强应付了早餐需求。真可谓历经千辛万苦。"

"酒店是哪一年创立的?"

"明治十一年。"

"那么说……是一八七八年?"

"是啊。"

"一八七八年,明治维新开始仅十年,也是西乡隆盛发起西南战争的第二年。比起鹿鸣馆还早!"

"当然早多了。"

村木说道。

"它比帝国宪法、帝国议会都要早。对于政府来说，也许觉得这家看得见富士山的外国人专用酒店，比那些还重要吧。哦，那个'俄罗斯幽灵军舰'的事，就是这家酒店落成之后，过了四十年后出现的？"

御手洗问道。

"是的。准确地说，是四十一年后。"

村木说话的时候，我觉得有点异样，窗外奇怪地变得昏暗了。细看一下，淅淅沥沥地下起了雨。可室内因为恒温恒湿且门窗紧闭，所以听不见雨声，我就没有察觉到外面的情形。慢慢地，魔术室就名副其实地笼罩在适合谈玄探秘的氛围里。

"好，说说幽灵军舰。"

御手洗说道。

"我刚才大致听石冈说了——那张不可思议的照片，就挂在这个暖炉上方吗？"

御手洗指着暖炉上方高高的墙壁，村木点点头。

那暖炉是贴瓷片的，样子有点怪。贴的是边长数厘米的正方形瓷片，我头一次看到这种式样的暖炉。烧火的下面部分用茶色瓷片，其上兼烟道的装饰墙壁部分贴蓝色瓷片，里头还填了画着红鲤、蓝鲤的瓷片。上方是白色墙壁，因为暖炉延伸到相当高处，所以此处悬挂画框就显得很高，难以看清。就连现在挂的富士山照片，也由于光线昏暗，一开始弄不清画面是什么。太远了。画框还是齐眉的高度好。

"幽灵军舰的那张照片曾经挂在这张富士山照片

的位置上吗？"

御手洗问道。

"是的。正好是那个位置。"

负责人回应道。

"好的。那么，尽您所知，详细说明一下情况可以吗？"

"好的。从现在起，我尽我所知说出来。不过，因为口口相传，细节已经相当模糊了，这一点请您谅解。"

御手洗使劲点头。

"我刚才跟石冈先生说了，在战前和战时，这样的事情是禁忌。但是在当地，一直以来就广为人知。我们小时候也从当地老人那里听说过。不过，我们不能对别人说。说了的话，父母会很生气。我们不明白是为什么。记得还听说有人因此蹲过派出所。所以，我们也都不知道有幽灵军舰照片这回事。后来在这里工作后，知道了照片的存在，才恍然大悟：原来那些说法是有依据的。"

御手洗点了点头。

"照片只有一张吗？"

"就一张——底片也不存在了吧。据说是大型的、玻璃干板的东西。"

"是吗？那请您介绍一下吧。"

"这些情况，我是听这家酒店的元老级员工说的。那也是因为有那张照片,他才不情不愿地说了,否则他也不会说吧。听他说,在大正年间,是严格封口不许说的,说了别人也不相信。我觉得,这封口令,也就是为了避免扰乱人心吧。

"这也是可以理解的吧。就连我本人,即便我在说这件事,老实说,我也不大相信。事情就像UFO的新闻,嘴巴上说说就算了。不知该说它是幻想故事还是魔幻小说。按我的理解,那就像不可思议的童话。

"听说是在大正八年的八月三十日。一个夏天将过、大风扬起尘土的半夜里,这家酒店收到了一封电报。据说是一封长电报,员工们因此都被叫醒,时间是深夜两点钟左右。

"电报上说,紧急准备好所有的贵宾房间。还有,预备好洗澡水,请医生来。富士屋汽车公司的车子倾巢出动,紧急前往芦之湖的一之鸟居栈桥迎接客人。这份电报来自军队,也就是命令了。"

"富士屋汽车公司是怎么回事?"

我问道。

"第一代创业者去世后,就到了山口正造的时代。就是他创立了富士屋汽车这家租车公司。当时横滨的格兰特酒店设立了租车部,关内的客人可以在周末自己驾车来本酒店——就是这么个时代了。"

"资料室里有照片对吧?我刚才去看过了。"

御手洗说道。

"是的。"

"这位正造先生,是第一代创业者的公子吗?"我问道。

"是养子。他跟第一代创业者一样,从美国远赴英国,在英国做过管家、当过酒店侍应、教授过柔道,等等,是吃过苦的人。他做了养子后大显身手,将富士屋做大到今天的样子。幽灵军舰事件,就是发生在正造的时代。"

"噢,是这样啊。"

"当时,在芦之湖东岸,有一个小小的船停泊处,叫'一之鸟居栈桥'。现在挺像个样子了,叫什么'原箱根港';但在大正年间啊,还是这么窄窄的、宽不到一米的木板小栈桥,孤零零地伸进水面而已,连叫栈桥都不够格的样子。

"加上这里原先叫'赛之河原',冷不丁就冒出个地藏菩萨像,仿佛有怨灵似的,是个给人阴惨之感的地方,所以这座栈桥也叫'赛之河原栈桥'。大家都忌讳,所以不叫这名字。就是这个赛之河原,竟然有军舰开了进来。还说,有两个大队上岸,所以房间有多少都不够的。

"我觉得来的应该是陆军吧,当时军方的命令是绝对得执行的,所以前辈们慌成一团,赶紧穿戴准备。据说他们穿上蓑衣,打着油伞,走到雨中迎候。

可大家睡眼惺忪蔫蔫地走出来，被冷雨一激清醒了，渐渐就回过神来，嚷嚷说是被狐狸迷住了。

"为何这么说呢？有好几个理由：大门外下着倾盆大雨，电闪雷鸣，暴风骤雨简直就像是刮台风，也挺冷的。而且是深夜两点，不可能有两个大队从山上下来吧。这里如果是战场，那也没话说，想想这是在箱根山中，就明白了：有军队要来的话，那就早点来，而且选个好天气吧？大可不必特地在这样的鬼天气、半夜三更跑过来。

"且不说这些，最根本的是，芦之湖这种地方不可能有军舰。如今倒是有大型游览帆船了，湖上也可见大船，但要说大正年间的芦之湖，只有几艘小型舢板和几艘带篷小船。

"而且地点很突兀，因为是原箱根的赛之河原。如果是箱根町还能理解。箱根町的话，那是江户时代设置的投宿点，开放着的。还有相当数量的民居。但是，原箱根连人影也难得一见。所谓的栈桥也很简陋，那种地方说什么大军舰停靠啦、还有两个大队士兵登岸啦，不可能有这种匪夷所思的事情。

"但是，已经走到大门口的人，也没有办法了；而且，从富士屋汽车公司调动过来的车也陆续抵达，大家只好上车，怀着受骗上当的心思，沿着前一年才刚刚开通的国道一号线前往芦之湖。道路当然仍未铺好。不过，到了看得见芦之湖时，据说大家都觉得奇怪。"

"为什么？"

我问道。

"据说是这么回事：箱根町的方向一片漆黑。就当时来说，箱根町是有村落民居的。但似乎所有人家都熄灭了灯光。在倾盆大雨的深夜里，星星月亮也都没出来，周围黑得伸手不见五指。所以，司机也相当头疼，连前车的车尾灯都看不见！浓雾和大雨之中，如果隐约能看到町上的亮光，也可以奔那个方向去。可是呢，据说什么也看不见，町的方向一片漆黑。"

"噢噢。"

"不仅这样，他们说，倒是整个芦之湖蒙蒙亮。"

"哦，是怎么回事呢？"

我一惊，问道。

"不明白。总之，据说整个芦之湖都隐隐发亮。那可真是吓人啊，湖好大的呀。可整个湖，就在雾中发光了。"

"那是挺吓人的。"

我说道。

"据说众人都有预感：湖里有怪物要出来了！"

"啊……"

"不过，据说一到湖边，亮光就消失了。"

"噢。"

"于是,他们好不容易到了芦之湖边,据说那里雾好大。理由不明,不知是否因为暴雨使气温骤降造成的,总之水面上产生了浓重的雾气。据说水面上看不见任何东西,十米之外白茫茫。就连一之鸟居栈桥在哪里也弄不清楚,加上周围漆黑,差点迷路。"

"不得了啊。"

"但是,军队不是有令么,大家紧赶慢赶终于抵达赛之河原,然后一长列汽车停下来,在倾盆大雨中静静地等待。在那种地方嘛,大家都挺忌讳的。四周尽是雨打竹叶的声音,啪啪地挺响,不大声说话都听不见。"

"噢。"

"可事情还是没完。大家左等右等,湖上还是没动静。雷轰隆隆打得震天响,雨哗啦啦下个没完,据说大家都受不了了。

"刚才也说过那小小的一之鸟居栈桥,大家渐渐就困惑不解了:这样的山中之湖里,怎么可能有军舰?即便有,也不该停靠于这么小的栈桥嘛。有人大笑起来,甚至说咱们回头吧。于是,就在众人打算回头时,水声大响,浓雾中突然'哗'地冒出一艘巨大的军舰来,足足有我们酒店餐厅那么大!"

"真的冒出了一艘军舰?"

我问道。

"冒出了。据他们说,从没见过那么大的军舰。

圆形的舷窗，这么横的一大溜，排列在灰色船体上。这舷窗里呢，排列着好多人的面孔。船头上竖着一面有双头鹰图案的白色旗帜。据说船体上也画了这图案。"

"噢噢。"

我吃惊不已。

"是罗曼诺夫王朝的皇太子，从黄泉之国返回赛之河原来了吧。"

"啊……"

"军舰抵达栈桥，打开船舱，军人从里头陆续下船。"

"是日本军人吗？"

我问道。

"不，是俄国军人。不过，据说不仅仅是那些人，还有许多日本军人。因为寒冷，军人们都穿着长大衣、皮军靴。俄国军人中有不少伤员，他们缠着绷带，一些人步履维艰。"

"噢噢，酒店的人很惊讶吧？"

我问道。

"简直都惊呆啦……员工们赶紧帮人家提行李，然后打着灯在前面走，引导大家去停车的地方，用车把他们接到了酒店。哦，那张照片，好像找到了。"

村木抬头看看入口的方向，说道。跟村木一样打着领结的年轻员工快步走来,手里拿着相框。

我的心脏一下子提到了嗓子眼:真有那么回事吗?那张照片上,真的拍到了军舰吗?

4

我抑制着内心的激动,凑前细看:那张照片并没多大。但是,我侧目而视,也许就比六英寸标准版稍大一点,但比十英寸的小。这么一张照片置于接近天花板的高处,不太显眼的吧?且不论它是张黑白照片,像通常的旧照片一样稍稍泛黄了;相框也很旧,上面有细腻的雕刻,本身就挺值钱的样子。

我有些怀疑自己的眼睛,接着,我舒了一口气:的确拍到了一艘大船。我用余光瞥了一眼御手洗,见他还是皱着眉头凝视着照片。

这是一张难以理解的照片。在白色的雾霭中,整体情景都是淡淡的,一片沉静。在小小的、简陋的木栈桥对面,朦胧地停靠着一艘亮灰色的军舰。但是,因为雾气浓重,军舰显得没有存在感。相框仿佛一面巨大的屏风抑或一幅广告牌的画。或者说,船自身就像一个巨大的亡灵。船首确实竖立着一面白旗,旗上有双头鹰徽。

像村木介绍的那样,船身上有一横列圆窗,是从前的样式。其中的几扇窗露出白色窗帘,感觉得到里头船室的舒适。

舱口打开着，从那里出来的军人排成一列，一直排到军舰前的栈桥以及栈桥后的道路。因为栈桥狭窄，只能排成一列。在军人前面，有穿着蓑衣、酒店员工打扮的人，他们左手打着写有"富士屋"的灯笼，右手举着同样写着"富士屋"的油伞。这些人的身影也发着光，如同别致的照明器具。一切都如同亡灵，恍如梦中的情景。

"这是谁拍的？"

御手洗指着幻想画作似的照片，问道。

"不知道。也没问过。大概是某位军人吧。"村木说道。

我点点头，视线再次落在照片上。那是仔细看时，脑子就会模糊、幻化的世界。仿佛越看越有味道，在此意义上，这是魅力非凡的作品。

意念摄影——我突然感觉，这个词说不定就是指拍摄这种情景的吧。被拍摄的物体，一个个都是现实中的东西，但它们放在一起的这种情景，却具有超现实的特征。俄国的军舰、芦之湖、俄国白军、日本陆军，以及穿蓑衣的酒店员工，这些元素在深夜的暴雨中悄然汇合，它只能是一幅超现实主义作品！这样的构图，强烈地吸引着每一个多少有艺术感的人。它不是艺术作品，但感觉它拥有类似的特质。另外，时光的流逝，又加重了照片的分量。

"打了镁光灯吧?"

御手洗问道。

"噢噢,应该是当时那种挺夸张的、镁光'啪'地闪一下的吧。"

"是在雨中弄的啊。"

我说道。

"是啊。在这个意义上说,可能还不是一般人拍的。"

"仔细看的话,雨水也都拍出来了啊。雨滴、雾水滴都在闪亮。而且,还看得出军人衣服湿漉漉的样子。"

我又说道。

"是的,下雨是不大能拍出来的,而且又是在晚上、用从前的照相机。之所以拍到了,应该雨势很大吧。"

村木说道。

"你刚才说'自己也不大相信'对吧?"

御手洗问村木。

"对。"

"你是指什么呢?是说这张照片是特技摄影吗?"

"也有这个意思……吧。"

村木语焉不详。他自己也不大清楚吧。我很理解他的心情。

"我总觉得这艘军舰没有现实感。看起来像人为弄上去的东西。"

我试探着说道。我猜他大概是想这么说吧。

"多少有点纸糊的感觉。不，不单是纸糊吧，看起来就跟屏风或者招牌上的画似的。"

但是，村木并不认可这个意见：

"是吗？不过，那是因为又昏暗又下雨，还用了镁光灯吧。因为光线没往这边照，只照着船体正中，所以只有那里朦胧发亮吧。这里可以看出是立体的，这个窗……对，这里。这个窗里有人呢。所以，不会是画或者招牌。"

"对，酒店的人也在这里嘛。"

我也说道。

"是的，咱们酒店的人也没理由掺和在里面造假。"

村木说道。

"是啊，确实没理由……"

"没错，没必要做这种事情。而且，咱们酒店的老前辈之中还有人这时候上船了呢。"

"什么！"

我吃了一惊。

"是这样的：日本军人指示说让大家去拿行李，于是就有人上船了。好像是些衣服箱子吧。据说船里头挺豪华的呢，有藤制的床和沙发，窗户挂着网眼花边的窗帘，还有桌子，墙纸也不俗气，墙上还挂着画框。"

"这样啊。"

"你刚刚说了'衣服箱子'？"

"对，说是在床底下。还有女人呢。"

村木回应道。

"还有女人？"这回是我问道，"哪个是？这张照片拍到了吗？"

"嗯。大概就是她了——我是这么想的。"

村木所指示的位置上，是唯一一个矮个子。此人穿着俄国军人的长大衣，跟旁边的人并行，不好辨认，所以我没有发现。大衣下露出的脚，是绝无仅有的赤脚，也就是说，没穿军靴。再细看，此人头上蒙着围巾，个头极小。照片的尺寸很小，她又混在人群中，我之前的观察尚未深入至此。

"的确是个女人的样子啊。"

我说道。我这么认为的另一个理由，是这个人影此时已下了栈桥，走在地面上，而唯有此人是两侧由军人护卫着的——就因为她是女性的缘故吧。

"这个码头，是芦之湖没错吧？"

御手洗问道。

"是的。不会有错。这一点向来是个问题，虽然这张照片上看不见，但如果分析干板上的银[①]，这里

[①] 干板照相以溴化银为主要原料，遇光分解，银成为极细小的银核析出在底片上，感光性很强。

的暗处，应该是拍到了一部分一之鸟居。这些遗址现在仍在的。"

我们盯着村木指的地方看。

"这些松树背后吗？"

我问道。

"对，就是那里。"

军舰对面的岸上，有几棵松树。最右边那棵的右侧，相当于军舰前端的位置。然而，不论我如何聚精凝视，在我眼中那里只是一片昏暗，什么也看不见。

"那为什么不相信呢？"

因为听见了御手洗的话，我从照片转过脸来。

"是啊，连我也不明白是为什么……"

村木说道。他一脸困惑的样子。

"没有明确的理由。我认为这艘船是真实的。有员工进入了船内，这个人据说也挺靠谱。不过，整件事情也太不现实了吧？只是因为这个，所以……无论我再怎么想相信也相信不了。"

村木说着，看着御手洗，期待他做出判断。御手洗静静地思索着，不一会儿，他轻声开口说道：

"那就相信好了。"

"啊？"

酒店负责人说道。

"那个人说了这艘船的的确确是金属造的？"

御手洗问道。

"说了，他亲手摸过。"

"那就不是用胶合板或纸张之类糊起来的道具。"

"对，不是那样的。"

"船室也是真的？"

"对。"

"可靠的人进过船内，亲手触摸过船体，确认是金属的。船室也肯定存在过，像这样子拍摄到照片上了。那么，这艘船一定真实存在。"

御手洗简单地说着，村木应和的声音却不轻松：

"是啊……"

"即便是难以置信的事情，它也是真实存在过的。"

御手洗自信满满地说道。村木保持了沉默。

"芦之湖的周围，有制造钢铁船只的造船厂吗？"

御手洗接着问道。

"绝对没有。在大正时代，那一带还跟江户时代一样。那种大规模企业，即便是现在也没有。"

村木很肯定地说道。

"现代化军舰开进了江户时代的芦之湖吗？"

御手洗边笑边问道。

"的确就是那么回事。"

"假如是在横须贺或者某地的造船厂制造，再从陆路运至芦之湖，那一定会引起附近居民的议论……"

御手洗说道。

"确实是这么回事,而且当时没有那么宽的路。虽然国道一号线在前一年就已经通车了,但尚未铺路面,还很狭窄。用大卡车从山下运一艘军舰上来,不大可能吧。"

"即便是现在也不可能吧?这条国道挺狭窄的。"

我一边回想从宫之下站到酒店的这段路,一边说道。

"超越中间线了,尤其是在拐角之类的地方……"

"前提是在大正那时根本就没有那样的巨型卡车啊。"

御手洗说道。

"而且,要是军部干了这种事,全日本都知道啦。"

我说道。御手洗点头,说道:

"嗯。所到之处肯定会引起轰动、人山人海。"

"对,每到拐弯处,都要由交警截停对面车辆。从横须贺浩浩荡荡来这里的话,得花上好几个星期,就不存在什么识者知之的箱根奇闻啦。"

我说道。

"说得没错,石冈。拆成几大块,从横须贺运过来,在湖边某处组装起来……"

御手洗说了半截,村木马上接口说:

"即便如此,也会有目击者吧。毕竟是个庞然大物啊,根本不可能悄悄干。"

御手洗满意地点着头,说道:

"确实如此,各位。而且,说实在的,当时的日本陆军也好、海军也好,都没有这样做的理由。"

"是的。"

"假如这是军部的骗人招数,不大肆宣传的话,可不合算。因为再怎么看,都是大费周章的事情。制造出一艘俄国军舰、航行于芦之湖,又不知从哪儿找来一大帮俄国军人临时充数、停靠在一之鸟居栈桥、登陆上岸。如果军部拍电影似的真弄了这么一番,不让大家观看不就没有意义了么!不是给人看的话,弄这些干什么?"

"是的,并且还下达了严厉的封口令。"

村木说道。御手洗呵呵地说:

"要是我,就挑一个万里无云的白天,停靠到箱根町的栈桥!"

御手洗这时的表情,就是遇上精彩谜团时所露出的那种。

"现在还好说,可在大正年间,去哪里找那么多俄国人啊,那时正在打仗呢!"

御手洗对我说道。

"这些军人后来入住这里的酒店了吗?"

御手洗问村木。

"对,是的。"

村木回应道。

"这张照片,就是后来走向酒店这里的情景吧。

所有人都在酒店住下了吗？"

"嗯。应该是一个房间里住好几个低级官兵吧。不过，我们试着查阅过当时的住房记录，也就是大正八年从夏至秋的住房记录，却并没有记载任何一个俄国人的名字。"

"这样啊，那这些人都是幽灵啦。"

御手洗满不在乎地说道。

"是的，就是这样。之所以这样说，是因为我们后来问到一些具体情况，得到的回答是：入住之后，酒店员工禁止与军人有任何接触。由下级士兵充当服务员。酒店员工只需要按照士兵的吩咐，准备各种东西移交就好。例如：毛巾、饭菜、拖鞋以及医生等。"

"还有医生？"

御手洗问道。

"是的，因为伤员挺多的样子。而且还对酒店员工下达了严厉的封口令。禁止任何人提及酒店曾经入住俄国军人或者日本陆军的军人。"

"原来如此。"

"所以，这件事情就成了日后夏夜里的鬼怪故事。"

"也就是说，这艘军舰从那晚之后，就没有任何人见过了？"

御手洗问道。

"当然啦。之后是，之前也是。除了拍照时，它全无踪影。非但如此呢，还演变成了直到这个晚上，都没有人见过它。"

"咦，这事怎么说？"

我问道。

"首先，这一天应该是八月三十日，但据说八月三十日这天，小田原的军管区也好、神奈川也好、东京也好，没有一人前往箱根。后来还有说法：就连我们酒店的员工，也变成没有一人在那个深夜的芦之湖看见过俄国军舰了。"

"怎么回事？还是封口令作怪？"

我问道。

"恐怕是。因为当时连这张照片也没有，变成了名副其实的'没了'。于是，就成了'大正八年的夏天，没有发生过这样的事情'。"

村木说道。我不禁抱头苦思起来。

"说成了'没发生过'，那究竟为什么要这样做呢？"

"大概是下达了严厉的封口令的结果吧。所以，如果没有出现这张照片，事实也就笼罩在黑暗之中了吧。"

村木说道。

"我明白您的意思。可我就不明白了，怎么看这都是特技摄影，对吧？可是，为什么还要特地下达封口令隐瞒这张特技摄影？既然如此，那为什么要搞这么大规模的特技摄影?"

我说道。

"是因为它不是特技摄影啊。"

御手洗淡淡地说道。

"您说它不是特技摄影?那它究竟是什么?"

"真有军舰来了嘛——来到了芦之湖。"

御手洗若无其事地说道。

"您是在耍我吧?没错吧?"

这是他的常用伎俩。但是,不知道他在打什么算盘,还是一本正经地说了下去:

"哪里,石冈,我说的是真心话。真有俄国军舰来这里了。可因为这是重大军事秘密,关系国家命运,所以陆军向所有相关人员下达了严厉的封口令。"

"是的,正是这样。"村木说道,"然而,因为出现了这张照片,那时已经是太平洋战争战败二十年之后了,那时候既没有了军队,也就不必担心受处罚了,终于有人出来说:有过这么回事。"

"那人曾在酒店工作过吗?"

御手洗问道。

"是的。不过这个人被当成神经病了。"

"噢,这是不出所料的呀。"

我说道。

"不过,说看见过军舰的人意外地多呢。虽然就一个晚上,而且是在半夜三更且倾盆大雨之中。后来这一带各处都冒出有人看见了俄国军舰的说法,甚至有幽灵汽车之类,在社会上渐渐成了魔幻鬼怪的故事了。"

"这张照片从哪儿来的?"

我问道。

"您是说怎么到我们手上的?恐怕是某人从横滨那边跟干板一起匿名寄来的吧。我记忆中是这样的。"

"不是来自名叫仓持平八的人吗?"

御手洗问道。

"不清楚。我听说是匿名寄的。"

村木说道。

"是什么时候收到的?"

我问道。

"战后二十年,突如其来地收到了。但当时谁都没把它当一回事,送给了附近照相馆的人。"

"这艘军舰形状挺特别的。"

御手洗注视着照片说道。

"您说哪儿特别?"

"一般军舰不会在船腹开这样的舱口吧。门就紧挨着窗户。挺特别的形状啊。"

"对,所以也有人说它是'海底军舰'。"

"海底军舰?"

"是的,说是大型潜水艇什么的。据说从前有海洋冒险小说，就像里面描述的大型潜水艇吧。说是那种潜水艇一直潜行，从旅顺还是符拉迪沃斯托克一带开过来的。"

"即便可以潜行至日本海，之后是怎么进入芦之湖的呢？"

御手洗问道。

"莫非从日本海到芦之湖有地底隧道相通？"

这一句话让村木笑了。

"那可是令人激动的事情啊。不过，隧道是不可能的。"

酒店负责人苦笑了。然后，他接着说道：

"那是科幻小说，我小时候很喜欢。不过，我读高中的时候，有过一部名叫《魔斯拉》的科幻电影……"

"对、对，有的！"

我不禁发出赞同之声，那时我还是小学生。

"在那部电影里，有一种魔斯拉的幼虫，从印分特岛游过太平洋，拥向日本列岛。它们受到日本自卫队喷气式战斗机的攻击，在海里消失了。正当人们不知所措时，它们突然出现在小河内水库的湖水之中！"

"没错，是这样的！"

我小时候也特别喜欢这部电影。在一个具体位置不明的南方岛屿上，住着一群黑人——分明是日本人涂黑了身体扮演的。他们跳起一种节奏明快的、类似日剧戏院①似的舞蹈，导致山上的巨卵（不知何故类似于鸡蛋）出现龟裂，爬出了魔斯拉的幼虫。

"看了这段情节后，我不禁感叹编剧想象力之丰富。于是，芦之湖出现海底军舰，感觉也并非不可能的事情了。这么说，事情发生前后没有人看到，也并非不可思议了，因为它是潜行过来的……"

"这个舱口前面站着一个人呢。"

御手洗插话道。他可能觉得那种说法挺无聊的吧。

"这里应该不是在栈桥上。是栈桥的对面——这不是水面上吗？可是这里却站着一个人。而且，在这个人的背后，看上去有一根细木棍突出来。"

"对对。"

村木也同意，然后他说：

"在栈桥和军舰之间不是有一条舢板吗？这根棍子是橹吧。在前面走的这些人，都是走过了舢板、再登上栈桥的吧？"

"也就是说，他们从军舰的舱口先下到舢板上，然后再登上这里的栈桥，对吧？"

御手洗问道。

"是的。"

---

① 日剧戏院，1952 年于东京有乐町开始营业的剧场。表演有品位的裸体节目和舞蹈，长期受到欢迎。1984 年关闭。

"为什么要这样做呢？"

"不知道。"

村木说道。的确，从军舰直接上栈桥不就行了？

御手洗仍凝视着照片，又问：

"军舰没有发出声响吗？"

"嗯？什么声响？"

"对，就是发动机声响、雾笛声之类的声响。"

村木从照片抬起脸，仰头凝望空中一会儿，然后垂下头来说道：

"关于声音方面，我没有听说过。大概是被下雨声或者震耳的雷鸣掩盖了吧？"

"至少说明，没有发出很大的声音吧。"

御手洗加以确认。

"对，我觉得是这样。"

村木说道。

"这艘军舰还有奇怪的地方呢。"

御手洗盯着照片，说道。

"比如说？"

"没有火炮发射口。"

村木凑过脸来，凝视着照片。

"嗯嗯，说来也是啊。"

他点头称是。

"那是在船的后部吧？因为这张照片没有拍到后甲板。"

"只在后部安装大炮的军舰？我还没听说过呢。而且，这艘军舰的舰桥，也就是操纵室，太靠前了吧。"

"毕竟是以前的军舰嘛。"

我说道。御手洗听了这话，把脸从照片上挪开，一下子靠坐在沙发背上。然后，他盯着我说道：

"以前的军舰么？石冈，那这艘军舰究竟为何要来箱根？"

被点名提问，我便想了想，试着说道：

"被杀害的俄国沙皇的亡灵，心有不甘，返回这家酒店了吧？"

不过，御手洗反驳了这个说法：

"可是，石冈，沙皇不在军舰上。照片没拍到，当时相关人士也没提到沙皇在船上。"

我觉得也是，一时语塞，"噢……"了一声，双手抱起了胳膊。

5

我们从箱根回到马车道的第二天，天气一如既往地闷热，但半夜里下了一场雨，好歹上午可以凉快一点了。这时，电话铃突然响了。御手洗正在沉思，对电话铃声充耳不闻的样子。

"喂。"

我拿起电话，一个开朗的声音说着"喂"，可以感觉到那声音带一点外国口音。对方的语气很特别，我一下子没能从熟人中猜出这个声音的主人。

"您是石冈先生吗？"

对方说道。

"是的，我是石冈。您是……"

"我是利奥那。"

"哦，原来是利奥那女士！……"

我十分紧张地说道。我一边说，一边望向沙发上的御手洗。

似乎是从我的声音察觉到了情况，御手洗顿时一脸吃惊的表情，手举到脸前使劲晃动。如果他想让我接，就会像这样打个暗号表示自己"不在"。所以，我虽然明白，但对方是利奥那，我没有信心能瞒过她。

"久违啦，您好吗？"

"我挺好。"

我说道。

"利奥那女士呢？"

"我也不错。御手洗先生呢？"

"他刚好出门了。"

"现在我这边是傍晚六点多，您那边是上午十点多吧？"

"是的。"

"他这么早就出门了？"

"对,确实有点早……"

"是吗?好像有'嘎达嘎达'的声音啊。"

"哦,是吗?"

御手洗踮着脚尖,正要退回自己房间,慌张之中,不小心踢到了桌腿。

"您附近有狗吗?"

"对对,没错。附近的狗跑来玩了……"

听我这么说,利奥那叹了一口气,说道:

"您也不容易啊。"她说,"喂狗什么的,全都得干吧。好吧,跟那条大狗说一下,关于安娜·安德森·马纳汉女士,后来我又找到了一些材料。我打这个电话,是想告诉二位这些内容。对了,我的信,你们收到了吧?"

"是的,收到了。"

我说道。

"据说他们两人原先在夏洛茨维尔的家,现在已经交给别人,变得美观整洁了。马纳汉夫妇住的时候,实在不成样子,据说跟邻居打起官司来了。"

"打官司?"

"对啊。"

"打什么官司呢?"

"要求清理马纳汉家院子和宅内的官司。因为问题很严重,且屡劝不改,所以要求判令强制执行吧。"

"严重到什么地步?"

"首先是粪便公害。据说他家的狗,最多时有二十条以上,猫则多达五十只。"

"天哪!"

"因此猫狗的粪便不得了,但夫妇俩完全不打扫,所以家里到处都是动物粪便,没处下脚。在恶臭笼罩下,人没法生活。"

"可是生活在其中的马纳汉先生岂不更惨?"

"是啊。据进去过他家的人说,难受得一分钟都待不下去,几乎当场呕吐。因为地毯都成了猫的便溺处,所以不戴氧气面罩进不了那个家。"

"什么!"

"不收拾宠物粪便的话,就没有养宠物的资格,你不觉得吗?"

利奥那愤愤然说道。

"对,就该是这样!"

我也不禁使劲地附和起来。

"据说动物死后,安娜女士还用家里的暖炉进行火葬,所以恶臭就更加厉害,附近的人向公立保健所投诉过多次。"

"这样啊!"

"可是没有进展,就打起了官司。丈夫好像被捕入狱了。"

"还是不行?"

"好像还是不行。据说宅子原先有管家,但安娜女士入住后就去世了，之后就杂草丛生，从马路上都看不见屋子了，简直就是一片原始森林，动物们出没其中。"

"附近邻居肯定会打电话来投诉吧。"

"据说他们把电话拆了。"

"什么？他们过着没电话的日子啊……"

"不仅如此呢，据说太太在家里筑起了堡垒。她用木板把院门钉死，不让附近的人入内；窗前高高地堆起破旧家具做障碍；院子周围拉铁丝网围上，院内到处堆起路障。从院门到厨房的路上，放置有尖角的大石头，或者在地面上埋设露出刀尖的利刃。"

"这是完全疯掉了呀。"

我吃惊地说道。

"对，完全是精神障碍的症状了。这位太太似乎在欧美各地遍访精神病科求治。"

"噢噢，典型的精神障碍嘛。"

"治病和打官司。据说她一直在打官司。"

"打的什么官司？"

莫非在欧洲，她也因为猫狗粪便造成公害被起诉了？

"不清楚，但据说一直在打官司。打了数十年。据说在欧洲打的，从战前一直打下来。所以说，她的人生，就是跑精神病院和法庭。"

"噢噢……在欧洲的家里，也养了许多猫狗……"

"应该是这样吧。"

"那么，打官司也是……"

"对，应该也是……"

那究竟是一种怎样的人生啊？只能称之为"悲惨"吧。

"那样的话，送报纸、送邮件都很麻烦吧？"

我问道。

"他们没订报纸，据说送邮件的人把邮件装进尼龙袋，丢进铁丝网里。这些袋子渐渐多起来，在铁丝网内七零八落地到处都是。"

"也就是说，他们夫妇不看邮件？"

"应该是吧。他们也许认为，反正都是附近邻居的批评、投诉。还有，他家的锅炉坏了，多年都不修理。据说安娜女士说，家里暖和了会长霉菌，于是冬天也打开窗户，家里冷得要冻僵人了。"

"天哪。"

越发与众不同了。

"他们成了附近著名的怪人夫妻。据说车也破损不堪快要报废了，里面惨不忍睹。到处是猫狗食物的残渣和纸巾。夫妇俩一开着满载动物的车出门，附近的人就全都逃得没影。"

"这样啊……"

那是当然的吧。要是我的话，我也逃。但是，日本的仓持老人究竟要向这样一个疯婆子传达什么呢？照这样子看，即便他的话传达到了，又有什么意义呢？对于这样子生活的一个人，来自日本人的一个小小的谢罪道歉，可以想象是没有用的。对于一个有精神障碍的人来说，不可能明白传达的内容吧？

"所以，当夫妇俩去世、房子转交不动产公司管理之后，据说花了不少钱，把房子内外重新装修了。地毯当然全都扔掉，重新涂料、刷墙，屋顶重做防水防漏，地板铺石料打磨。据说院子也请了园艺师打理，换了草坪、种植花草……为数众多的猫也转移了，不过猫的气味要很长时间才消失吧。"

"那当然了。"

猫尿的气味特别顽固，我是领教过的。

"但是，据说他们家的书多得吓人。大约一万册。几乎都是历史书。然后是历史资料，像是档案馆似的。马纳汉女士的丈夫，据说全名是约翰·依科特·马纳汉……"

"约翰·依科特·马纳汉先生？"

"对。据说这个人以前是历史教师。他是个学者，毕业于哈佛大学研究生院，获得了历史学博士学位。应该曾在大学里任教。"

"噢噢……这样一个人物……怎么会变成那个样子啊。"

"对呀，看来跟安娜结婚之后，就连他也变得不正常了。他是个知识分子，却变得对太太言听计从。

总之,据说因为他是个学者,藏书很多,家里的书都堆到了门口。据说他从前还挺有钱的呢。他父亲从前投资弗吉尼亚州的地皮赚了钱,所以他成长于富裕的家庭。他又是独生子,学习成绩优秀。他们在自家背后拥有出租的公寓,看来夫妻俩靠经营出租屋生活。"

"是这样啊。"

"所以,当动物气味难以忍受或者冬天寒冷时,他们夫妇似乎就搬进那边的公寓避难。"

"那样做很过分啊。"

我觉得,他们不顾给邻居带来的麻烦,对难闻气味的源头置之不理,只顾自己逃跑,实在很过分。

"因为他们晚年很怪僻,所以周围的人也都不接近他们。尤其是太太,很招人厌。"

"那是肯定的啊。"

我说道。

"据说安娜脾气很大,一不合心意,就对丈夫大发雷霆,拿人出气。她的声音连周围的人都能听见,而丈夫说什么,就完全听不到。比如说,对方说'在家的话就脱掉帽子',她就顶一句'我就是喜欢戴帽子',纹丝不动。"

"哈哈……"

我笑了起来,很明白那位丈夫的心情。

"她是个素食主义者,只吃蔬菜。不过,一旦她提出想去某家酒店吃饭，就非去那家不可。"

"这样啊……"

"但是，据说她老是觉得别人在她的食物里下毒，总是吃一点点就作罢。"

"这样啊……"

"而且，据说她几乎整晚不睡，整个晚上在卧室里踱步。"

就这么听着，我已经受不了了。加上还要吵闹个没完，要是我的话，实在无法和她住在一起。我佩服马纳汉先生的忍耐力。

与此相比，御手洗还算好的吧。可马纳汉先生究竟为何要忍耐到那种地步呢？是因为爱情吗？

"那么惯着她啊……"

我说道。

"据说实在是太放纵了。真不知道她在那以前是怎么过日子的，好像对这个社会怒不可遏，与人为敌。据说她对世上所有人都生气，活着就为了报仇似的。"

"天哪……"

她究竟要对什么复仇呢？

"据说有人听她说过，有时候简直要对这世上的所有人吐口水。"

"什么！"

"可这位太太呢，家里的事情、清洁卫生之类的，是绝不沾手的。亏她丈夫那么用心照料她。据说她丈夫尽心尽力，好可怜。可她对周围的人、包括她丈夫在内，整天说着莫名其妙的话。她可不是一般正常人，实际上有精神障碍吧。"

"她怎么不正常？说了些什么话？"

我听着听着，感觉不可置身事外。虽然现在御手洗的情况还不大严重，但我像在听他晚年的情景，好害怕。

"据说她飞扬跋扈，说'我是公主''我是世界的女王'什么的。"

"啊……"

我心想：坏了。脑子里的那根弦绷断了，跟我们那位是同类。御手洗表面上还没那么嚣张，但蛮横之处是一样的。

"可是，这人的外表呀言谈举止呀，却完全不是那样子的。这好像不宜说……怎么说好呢……有点像巫婆吧。"

"明白了。"

我应答的声音里仿佛有某种真情实感似的，利奥那哈哈大笑。

"大家都这么说，所以，是她的幻想吧。她认准了自己是世界的女王。"

"精神科常有这种人，外面偶尔也会遇上吧……"

我说着，不知为何伤感了起来。

"身边要有这么一个人,邻居们都会忌惮,离得远远的呢。"

"确实是这样。"

我想象着这样一位巫婆:小个子,脸上皱纹纵横,戴着黑头巾,扶着拐杖,驼着背颤悠悠地过日子;只有鼻子大大的,说话声音沙哑;她回到森林中脏兮兮的小屋,便在飘荡着恶臭的厨房里用铁锅煮着蜥蜴或者蛇的尸骸。

"据说两个人挺少待在家里。"

"可想而知的吧,那种垃圾堆积的地方,怎么待得下去啊。"

利奥那说完,微微一笑。

"看来他们一直在美国旅游。据说回家时,也几乎不待在家,而是泡在镇上的乡村俱乐部里。不过,她那位丈夫,从前可是历史教师,好像还是博士,跟生活在他家出租屋的人,应该打交道的吧?不过,他们夫妻双亡,附近跟两人直接打过交道的人也都去世了。关于两个人的情况,镇上已经没人知道。"

"是吗?可利奥那女士,您知道得还不少啊。"

"我雇了侦探嘛。有一个女孩子的妈妈跟安娜女士有过来往,她记下了她妈妈说的情况。据说这位安娜女士说自己出生于一九〇一年。女孩子的妈妈说得很具体,是一九〇一年的六月五日在欧洲出生。一九六八年,安娜女士六十七岁时移居夏洛茨维尔。

就在这一年,她跟丈夫约翰·马纳汉结婚。"

"啊,那她是六十七岁时……"

我大吃一惊,说道。

"对。"

"那他们……是恋爱结婚?"

"据说马纳汉先生深爱着安娜女士,很尊敬她。且不说她态度如何,周围的人都清楚的确是这么回事。所以,应该是恋爱结婚,可我觉得她是为了签证。因为她是欧洲人,所以不能在美国永久居住,对吧?因为她没有美国国籍。我觉得,她是因此才跟马纳汉先生结婚的。"

"有道理。"

假如六十多岁还能结婚的话,我就还有指望。

"我觉得,他是替安娜女士着想才结婚的。"

"在那之前,两个人都是单身?"

"好像是。他好像从年轻时起,就对女人不感兴趣。他应该比安娜女士年纪小,不过,他晚年也不容易。"

我猛一哆嗦。我感觉,莫非这就是我晚年的情形?

"安娜女士于一九八四年六月十八日下葬于德国泽布鲁克·泽昂的墓地,这里有个泽昂城,是个与俄国贵族有关的地方。因为安娜女士的遗言是长眠于此,所以她的丈夫就努力去实现。马纳汉先生不顾原贵族们的强烈反对，几乎是强行下葬了。

"然后马纳汉先生就返回了美国。在种种打击之下，他几乎成了一个废人。他离开两人居住的家，一直生活在公寓里。不过后来他的糖尿病恶化了，又几度中风，体貌大变。从前的邻居来访也好，住院之后的探视也好，他全都认不出来。说话也变得支离破碎，应该是出现精神障碍了吧。到了一九九〇年的三月二十二日，据说在无人看护之下死于医院。"

"啊，连她的丈夫也都……"

"应该是吧。"

这一点对于我而言是无比巨大的冲击。豁出命为一位脑子特别的太太奉献一生，却没得到什么回报。

"总而言之，这就是我了解到的一切。也许挺无聊的吧。"

"哪会呀，虽然令人心酸，但很有意思。"

"御手洗先生对我的信说什么了吗？"

"他很感兴趣。"

我说道。

"而且我们这边的情况很有趣。"

于是，我说了我们跑了一趟箱根的富士屋酒店的情况。随着交谈的进行，我知道利奥那也兴趣渐浓。聊完时，她发出一声近乎惊叫的叹息。

"呀，真是不得了！"

"对呀。"

我说道。

"很棒啊,这种神话故事。大正八年,外国军舰来到箱根芦之湖的浓雾之中。"

"对呀。"

"挺浪漫的,不是吗?海底军舰?哈哈哈,挺有意思的。"

利奥那憋不住笑起来。

"嗯。"

"以前还真没听过这种故事。不过,在柏林的时候,是怎么回事呢?二者如何相关的呢?说到底怎么会有这样的信件寄给我呢?御手洗说了什么?我接下来该怎么做?"

"御手洗什么都没说。他早就把兴趣转移到其他事情上了……"

话音刚落,坐在靠阳台桌边的御手洗大模大样地走了过来。他伸出手,示意把话筒给他。看来他想说说话。

"石冈,你把刚刚听到的话记录下来,因为对话里好像有数字。"

他对我吩咐后,拿过话筒。

"哎呀,利奥那,久违啦。"

御手洗对着话筒说道。

"哟,小狗狗接电话了啊。"

隐约传来了利奥那微弱的声音。但是，因为我把电话交了出去，以后的内容就不知道了，只能听见御手洗的声音。

"在我看来，"御手洗说道，"仓持八平先生之所以想联系你，我觉得并不是因为他患了老年痴呆，他有他合理的理由。"

什么理由——大概利奥那这样问。

"那就不知道了。我知道的是，能够说出特定的地名'在柏林的事情'的人，不可能不知道美国之大。他并没有把整个的美国误会为乡镇居委会。"

利奥那又说了什么。

"对。我觉得，他在美国可能还另有熟人。不是据说陆上自卫队有人来听取意见么？然而，他不想靠那个人，想靠你。即便你是素未谋面之人。所以，这里面肯定有原因。假如是明白美国之大的人，经常收听广播里的你的声音，也不会误认作邻居女孩的声音吧。"

御手洗沉默了一会儿。

"对了，他并没有患老年痴呆。百合姑娘说了嘛，他直至临终之际还很清醒。我们没见过他，不能自以为是地、傲慢地编造故事呀。"

利奥那又说了什么话。

"对，没错。仓持先生没找他在美国的熟人，而是找素未谋面的你，认为你跟安娜·安德森·马纳汉女士距离更近,他是有理由的。是什么呢?我希望你能想起来。

"不会弄不明白的。条件是限定好的。首先,在你主持广播节目时说的话里,有他做出这个判断的理由。这是显而易见的。他是没有理由熟读面向十几岁年轻人的电影杂志或者女性杂志的吧?当时,你在广播节目里说了什么?

"嗯嗯,我知道,已经十年前了嘛。可总比大正八年容易想起吧?不,不是那种事情,那些破事儿忘掉了也无所谓。没错、没错,从意想不到的事情中找到钥匙,也会有的,但那种情况极少见。首先要使用正面攻击的方法:那就是你去美国的理由——你在节目里头说起过这件事对吧?

"对,没错。是谈《花魁》时吧。你接受了《花魁》的试镜,决定前往美国。嗯?说说试镜的情况?哦,那次试镜在什么地方?是吗,在帝国酒店……是谁来试镜的?你说不知道?这不可能吧?

"不是、不是!不用管日方女演员的名字,是审查员,而且是美国的。什么?角色分配是贝涅特·梅丁?嗯,然后呢?导演是理查德·瓦诺文?嗯。美方成员就这些而已吗?明白了。"

然后御手洗就无话了,他沉思了好一会儿。

"《花魁》应该有原作者吧?没错,就是作家。这部电影是将畅销小说搬上了银幕嘛。嗯,有作者,但这个人没有来东京,你在节目里也没提过这个人的名字?明白了。那剩下的就是去了好莱坞之后的事。剧本的内容、故事情节、来到洛杉矶居住的地方、要见的人、要帮忙的人,这些预想中……

"你说,什么都没告诉你?所以,关于此事,你在广播节目里没有任何可以说的信息。你对于《花魁》是个什么故事也不知道吗?你倒是一心要闯荡美国啊……嗯嗯,对,也就是一般人所知的程度吧。嗯嗯,总而言之,在广播节目里,透露的也仅仅是那个程度的内容了。我明白啦,那就是这两个人了。理查德·瓦诺文和贝涅特·梅丁。你在节目里说过这两个人吧?好的,就是他俩。关于这两个人,请再仔细调查。尤其是导演。你问要调查他们什么,那我不知道。究竟会是什么,我无从知晓。什么都行,所有事情。假如刚才你说的话里没有重大遗漏,那么仓持先生要联系你的理由,就在这两个美国人身上。不管了解到什么情况,有劳告诉我一下。

"对,我挺感兴趣的。脑子奇特的老妇人?行啊,你说我的口味?噢噢,那种人合我的口味啦。结婚?喂,你不是想解开谜团吗?对啊,幽灵军舰也很有意思,很对我口味。可它似乎不简单,是一个大谜团呢,看来是以整个世界为舞台的。

"幽灵军舰,那可是太好啦。对呀,我觉得它真的来过。并不是什么骗人花招。没错,就是那样子。发生大事情了。虽然难以置信，但的确是真的。当时的日本，正在世界的中心。比现在厉害。当然是真心话。你也说石冈那样的话啊，我可没愚弄人，真心的。

"还不清楚。还没着手调查，况且是七十多年前的事情，根本无从调查。没错，你说得对。当时的箱根还算不上观光胜地，还属于神山圣地呢，跟江户时代一样。所以，并不是骗人花招。做那种事情没有意义。为什么要在没人的场所、没人的时刻，使出那样的花招？

"你问为什么军舰会来？的确，为什么呢？是的，还没能弄明白这一点。总而言之，我希望你调查刚才我说到的事情。把那些线索加以比照，说不准会牵扯出一件天大的事情呢。保证？没问题，我保证吧。你问为什么？因为事情规模大啊，得花钱，需要组织力量。不是街头混混做得到的事情。嗯嗯，我期待着。好的，那就晚安啦。"

御手洗搁好话筒，对我说道：

"石冈，刚才利奥那说的情况记下了吗？太好啦，我们拿上这些笔记，出去散散步吧？刚下过雨，现在还不算太热。"

御手洗这样说的时候，往往是他脑子里有了新念头。他想一边散步，一边把思绪归拢起来。

6

之后,御手洗似乎接到了几个来自海外的请求,他把自己关在房间里整天面对着电脑。就这样过了两天,恰巧他外出的这天,又来电话了。

"石冈!"

惊呼似的声音猛然向我扑来。是利奥那的声音。

"利奥那女士?"

我吃惊地问道。

"对,是我。"她说道,"我知道了一件大事情!"

"什么大事情?是关于那位马纳汉女士的事情吗?"

"就是她。她果然是个厉害人物啊。感觉那疯法不一般呢。据说从前曾把全世界媒体玩得团团转,在德国打了三十年官司呢。"

"三十年?她被起诉什么事情了?"

"不是人家起诉她,是她起诉人家呀。"

"因为什么事?"

"这个啊,你猜猜她为了什么?"

"不知道啊。很离谱吗?"

我苦笑道。

"是要求承认自己是俄国的安娜斯塔西娅公主的官司。"

"俄国公主啊?"

"对,俄国最后的沙皇尼古拉二世有四位公主,就是其中最小的那位。日语习惯说'安娜斯塔西娅公主'吧。"

"噢噢,安娜斯塔西娅啊……"

这方面倒是听说过。

"沙皇尼古拉二世与皇后亚历山德拉有五个孩子,最小的是男孩,叫阿列克谢。这位安娜斯塔西娅公主是比他大一岁的女孩。"

"俄国那时爆发了革命吧?"

想来我对世界史不太熟悉,读高中时选修的是日本史。不过,这种程度的世界史还是知道的。

"是的。所以,沙皇一家人应该全体被处决了。"

"也包括那位安娜斯塔西娅公主吗?"

"当然啦。沙皇夫妇和他们的五个孩子。还有侍女、主治医生等所有人。所以,安娜斯塔西娅是不可能生存下来的。"

"那是真实的历史吧?"

"是的。说起俄罗斯帝国的沙皇,可是不得了。人称欧洲最富有的皇室。全世界的六分之一属罗曼诺夫王朝领地,从欧洲一直延伸到太平洋的日本边上。宽阔无比的领地!所谓罗曼诺夫王朝,是管制这些地方的皇室啊。

"皇后亚历山德拉,是从德国皇室嫁入俄国皇室的。而她的母亲,是从英国王室嫁入德国皇室的人。

所以，安娜斯塔西娅与伊丽莎白女王沾亲。这也是不得了的血脉呀。她一人继承了英国和德国、俄国三家王室的血脉呢。真是精英中的精英了。这样的人没有第二个！"

"处死沙皇一家，是在什么时候？"

我问道。

"是在一九一八年。也就是安娜斯塔西娅十七岁的时候。"

"换成日本年号的话，是哪一年？明治时代吗？"

我问了一个日本老人家问的问题。

"我觉得是大正七年。"

"大正七年……那么，在时代上对得上吗？跟那位马纳汉女士。"

"对得上。那得把话说圆了呀。不过，容貌完全不同。因为人家安娜斯塔西娅是个美人。她当时就是大明星，就像现在的明星照片一样，皇室姐妹们的肖像卡在欧洲流传甚广，作为赠礼销售呢。马纳汉女士完全不是那种脸型，她年轻时的照片也有，还有她二十多岁的。那是完全不同的。马纳汉女士是更显刚毅、机敏的脸，而安娜斯塔西娅是柔和、可爱的脸型。马纳汉女士年轻时不算难看，但消瘦、脸上没肉，因此眼睛显得大而锐利。安娜斯塔西娅总体上属于胖乎乎的脸型，眼神温和、表情稳重。从根本上说，不是同一种脸型。看一眼就很清楚啦。

我也看得出来。"

利奥那越说越来劲,仿佛有点儿愤愤不平的样子。

"噢噢。"

"并且她还是居无定所的流浪者,平时睡在动物园长椅上,出入医院精神病科。一些皇室亲戚,像母亲的姐姐呀,还有当时逃出俄国投靠丹麦王室娘家的皇太后,即安娜斯塔西娅的祖母等。这些有直接血缘关系的人也陆续来见她,当面认亲。可大家都干脆地否定了,说她不是安娜斯塔西娅。"

"噢,是这样啊。"

"还有啦,首先她完全不会说俄语。"

"不是说……"

"很奇怪吧?你说你是沙皇俄国的公主,俄语是你的母语呀。可她只会说英语,或者几句怪怪的、有口音的德语。开庭的时候,法官也安排了几位俄语专家用俄语跟安娜·安德森打招呼,但最终没有听到俄语的回应。她似乎听得懂意思,但一直使用英语或者德语回答。最后,她被证实是以前失踪的波兰女工弗兰西斯卡·夏茨科斯卡。"

"啊!那她……"

"对,纯粹是冒名顶替的。弗兰西斯卡的哥哥作证说,她是自己的妹妹。"

"哈哈,她就是住在美国夏洛茨维尔的马纳汉女士。"

"就是这么回事!而且她严重撒谎。她对新闻记者们说,其实父亲尼古拉并没有退位,被押往叶卡捷琳堡处死的是家人的替身们。家人在有生命危险时,总是安排替身,诸如此类的。这些完全是胡扯。"

"她这样说啊。"

"因为真皇帝一家被押走时,好些人看见的。屡战屡败、国内政局不稳时,尼古拉二世听取了叔父尼古拉大公的建议,退位给弟弟,这是历史事实。况且,从叶卡捷琳堡郊外旧矿场出土的沙皇一家人的遗骨,经过DNA鉴定,确定为沙皇一家的遗骨。这是很清楚的。"

"噢噢。"

我点头表示认同。

"还有呢,安娜女士讨厌美容院,跟马纳汉先生一起生活后,总是要丈夫马纳汉先生剪头发呀、染头发呀。"

"啊!"

又跟自己相似!我想。我也给御手洗理过几次头发。

"所以,在两人死后,安娜女士的遗发出现了。因为没带着发根,所以最初说没法做DNA鉴定,但有一种新的线粒体鉴定方法,就尝试了。然而,即便是这种方法,得出来的结果,也是与伊丽莎白女王毫无血缘关系的人。"

"噢。"

"另外,为何全家都被枪杀,仅她一人幸免呢?她无法解释这个至关重要的问题。她只是含糊地说,失去知觉了呀、不记得了呀,诸如之类。"

"噢。"

"而且,她是怎么从叶卡捷琳堡逃到德国的?要说叶卡捷琳堡这地方,可是西伯利亚啊。"

"安娜女士是在德国被发现的吗?"

我问道。

"是的。是在柏林的运河被发现的。之后她的经历,就相当清晰了,直至一九八四年,在夏洛茨维尔作为马纳汉夫人去世。在德国,她已叫安娜·安德森了。然后与马纳汉先生结婚,变成了安娜·安德森·马纳汉女士。总而言之,从叶卡捷琳堡到德国,只能搭乘西伯利亚铁路列车,但那时革命军已经完全控制了以铁路为首的交通要道。安娜斯塔西娅是个大明星,所有民众都知道她的长相。这样一个人能不被革命军查出并进入德国,是很奇怪的。假如她往东逃还能理解,可往西逃的话,那边正是革命军有优势的地方,她只是去送死而已。皇室是人民公敌,在那个人人喊杀的年代,她的处境很危险。所以,她那些说法全都是很奇怪的。"

"嗯……确实呢。"

我同意这种说法。既然是这样，认为安娜·安德森是安娜斯塔西娅的主张是没道理的。

"可她竟然如此明目张胆地撒大谎啊！这对她究竟有什么好处呢？"

"在英国银行里，有属于罗曼诺夫家的巨额存款。如果安娜女士就是安娜斯塔西娅，这些钱的第一所有权就归她。因为她的兄弟姐妹们都去世了。"

"噢噢。"

为了钱吗？

"所以，据说在当时的欧洲，有很多人声称自己就是安娜斯塔西娅。她也是为此疯掉的女孩子之一。而且，如果她成了安娜斯塔西娅，就是媒体宠儿啦。实际上，她好像也被媒体追逐了好一阵子。有过挺红火的时期呢。只是终归失败了吧。"

"确实。不过利奥那女士，您是怎么知道这些事情的呢？"

"我打电话给理查德·瓦诺文先生，问他的。据他说，他在拍《花魁》那阵子，曾想过拍摄《假安娜斯塔西娅》的电影。电影想以安娜·安德森为原型，描述一名活在自己的想象中的女子的生涯。只是计划最终搁浅了。他为此收集过资料。"

"哎呀，难怪！"

听了这番话，我终于理解了这件事情——原来如此啊！

"对呀，恐怕仓持先生，不知从哪里听说了这位用我拍戏的电影导演，同时还在计划拍摄《假安娜斯塔西娅》。于是，他就吩咐孙女跟我联系。如果我来问理查德，马纳汉先生的联系方式也就有了。实际上，理查德似乎也想让我来演安娜斯塔西娅。那样的话，我自己也有可能见到安娜女士了，对吧？为了琢磨角色，那么一来，传个话也就简单了。"

"原来是这样啊，确实有道理。"

"只不过，我觉得说是为拍摄《假安娜斯塔西娅》求见，安娜女士肯定很不情愿。"

"对啊。"

"御手洗先生呢？"

"他出门了。"

"哟，又有事啊？"

"不，今天是真的外出。我想他马上就回来了。"

"那从理查德手上得到的资料，我现在就传真过去。不过是德语的，他看得懂德语，对吧？"

"应该是的。"

"回头我再寄一份联邦快递。搞清楚了什么事情，或者有什么问题的话，让他打电话给我吧。"

"明白啦。"

"那就代我向他问个好吧。"

说完，她把电话挂了。

7

利奥那发来了长长的德语传真件。现在人们一般会使用电子邮件的附件发出,但利奥那用的是传真,可能她还用不惯电脑吧。

我当然是一头雾水,一行也读不通。不久御手洗就回来了,我向他说明了情况,他便在晚饭后翻译成日语给我看,老长老长。资料是一位欧洲女性谈论自己不寻常的半生,真是一个跌宕起伏的故事,不输给任何一部长篇小说。

以下试摘抄这份笔记资料。

一九二〇年二月十八日深夜,一名年轻女子从本特拉桥上跳入柏林的兰特维尔运河。恰巧当时柏林警察局的哈尔曼巡警部长路过,他看见跃入河中的人影并听见水声,马上脱下大衣,冲下河堤,跃入河中救起了姑娘。姑娘已处于半昏迷状态,任由警官施行人工呼吸救助。

哈尔曼将姑娘带回警署,给她毛毯和热水,进行了盘问。那时候,自杀未遂是犯罪行为,所以警官要问清楚她的住址、姓名、年龄、职业、自杀的理由,等等。但是,姑娘坚称"我没喊过救命",其余闭口不谈,盘问无法进行。

从她对抗性的口吻,可听出有些外国口音,但来柏林的理由也好、路线也好、成长的国家也好,她完全说明不了。从她的表现来看，与其说她有意拒绝回答，毋宁是她想不起来了。她没有包包等随身物品，衣服兜里也没有任何东西，所以无从推测。

警官把她当作精神病患者，将她送到伊丽莎白医院，收容在贫穷女人住的大房间里。但是，第二天早上医生来问话时，她还是用床单包裹着脑袋，脸转向一边，不理不睬。当时的德国有五十万外国难民，其中不少人是精神障碍者，所以她也被视为其中之一。

在伊丽莎白医院待了六周之后，她被转送到柏林市郊的达尔多福精神病院。经诊断，她患的是抑郁性格导致的精神疾患。她极少说话，偶尔说话也充满着对抗的意味，所以医生、护士和住院的病友们都叫她"无名姑娘"。她被收容在比较听话的精神病患者的大房间里。

此时的病历本上，记载着她"身高一百五十七点五厘米，体重四十九点九公斤，身上各处有青紫瘀伤，非处女，头盖骨上有数处凹陷骨折，被强烈的慢性头疼所折磨"。肘部有一处由葡萄球菌发展而来的结核性疾患，有必要做手术。姓名、国籍、出生地不明，年龄约在二十岁上下。

之后，"无名姑娘"在达尔多福精神病院度过了两年半的收容生活。她的住院态度很异常，不断倾诉剧烈牙痛，要牙科医生拔掉好几颗门牙。又连续数日拔去前额发际的头发，所以她的面容在住院期间变化很大。

然而，随着住院日久，"无名姑娘"看样子多少平静下来了。她跟一名叫克拉拉·波尔帖特的患者成为好友，她对克拉拉说，自己是俄国的安娜斯塔西娅公主。

当时，欧洲有个"拥护君主制最高委员会"，这个机构的人从出院后的克拉拉那里听说了这个消息，就请苏菲·布克斯赫威登男爵夫人来鉴定真假。男爵夫人前往医院，把包着"无名姑娘"脑袋、不让人看脸的床单硬扯下来，仔细观察一番姑娘的面容，断定她不是安娜斯塔西娅。

但是，沙俄时代任职皇太后卫队的尼古拉·舒瓦贝大尉知道了她的情况后，表示了同情，相信她有可能是公主。但因为他过去没有直接谒见过安娜斯塔西娅，所以也不能肯定。他寻找有可能成为她赞助者的贵族，得到埃尔托尔·冯·克莱斯托男爵的支持。男爵在柏林拥有很大的公寓。

一九二二年五月三十日，"无名姑娘"以安娜·安德森之名搬到克莱斯托的公寓居住。因为这里离她投河处不远，她又陷入了严重的抑郁状态，健康情况开始恶化。她感觉头痛剧烈，视野模糊。

有一天，安娜从克莱斯托的公寓失踪了。因为谁都知道，如果安娜是安娜斯塔西娅，克莱斯托要索取一笔不菲的酬金。安娜在柏林的动物园里被发现了。她在市内游荡，最后进了动物园，在动物园里的长椅上睡着了。因为安娜拒绝返回克莱斯托的公寓，舒瓦贝便请了一位叫弗兰茨·格伦堡的历史学家兼资本家总警司关照，让安娜住他的另一处宅邸。

这处宅邸环境很好，安娜喜欢这儿。但是，格伦堡也想知道安娜是否是真正的安娜斯塔西娅，他去接近安娜斯塔西娅母亲亚历山德拉皇后的姐姐、普鲁士的伊莱涅公爵夫人，请求她来帮忙鉴别安娜。他觉得，伊莱涅公爵夫人出马的话，恐怕一眼就能识别对方是不是妹妹的女儿安娜斯塔西娅。

然而，结果不佳。伊莱涅公爵夫人以格伦堡朋友的身份出现，想当场认人。但安娜对这名不速之客很生气，跑回自己房间不露面，拒绝交谈。伊莱涅公爵夫人也说，自己见尼古拉二世一家人已是十年之前，难做鉴别。

之后，安娜病倒了，诊断为早期胸骨结核，住进了威斯登医院。获准外出后，她住到了在达尔多福精神病院结交的克拉拉·波尔帖特的公寓。有一段时间两人相处不错，但不久她就和克拉拉闹翻，被赶出门。她反复出院、入院，出院的话就在街上闲逛，睡公园的长椅。

根据通报，格伦堡总警司找到了与一个运煤贫民家庭一起生活的安娜，把她带回家静养。然后，他找了普鲁士的切茨利叶前皇太子妃,请她前来确认安娜的身份。但是,她一见安娜,就断定对方不是安娜斯塔西娅。格伦堡据此判断安娜为冒名顶替者,下了逐客令。

但是,幸运的是有一位博爱主义者卡尔·佐然沙因博士主动提出援助安娜,他向一位俄国流亡女士哈莉叶·冯·拉托莱夫·卡尔曼寻求帮助。

哈莉叶随即见了安娜,用俄语跟安娜交谈,但安娜听明白了也绝不用俄语回应。安娜连数数字也忘记了,看着时钟也说不出时刻。

因为肘部的疾患,安娜进入圣玛丽亚医院治疗。和罗曼诺夫王朝的皇太后一起逃到哥本哈根王宫的、皇太后的女儿,即奥利格女大公、安娜斯塔西娅父亲的妹妹前来医院当面认人。奥利格最初觉得有可能,给安娜写了好几次明信片,说"我们绝不会抛下你",但不久就推翻了之前的说法,宣称:

"在她床边坐下的瞬间,我马上明白:眼前的是一名陌生女性。安娜斯塔西娅跟我的精神感应极强,无论时光如何流逝,都不可能切断这种感应。"

血缘最亲近的人也这样说,安娜的主张被接纳的可能性几近为零。

然而,这一时期最大的幸运降临到安娜身上。通过丹麦驻柏林的大使赫鲁鲁夫·萨莱的努力,她得到了罗曼诺夫家的远亲罗伊希滕堡公爵盖奥尔科的关照。公爵居住在离慕尼黑一小时车程左右的泽昂城,安娜便寄身这座城里了。

对于流亡的俄国贵族而言,这座城最好不过。罗伊希滕堡公爵一家在一八四〇年代得到它,便一门心思把庭园和家用器具改造成俄罗斯风格,从第一次世界大战前起,此城就是旅经此地俄国贵族们的中转站。

为此,安娜觉得这座城很亲切,十分喜欢,以至于到美国生活之后仍念念不忘。到了晚年,她对当时的丈夫倾诉,希望葬在这座城的墓地。在她死后,丈夫千方百计遵循这一遗言,卷入地狱般的麻烦之中。因为公爵家族强烈反对。

一九二七年,罗伊希滕堡公爵家的人被安娜多变且时而傲慢的态度,以及不时现身的陌生人和恐吓信烦透了。当他们明白安娜就是他们家的大麻烦时,最险恶的事态降临了。

德国的对开版报纸《柏林晚报》登载了一则消息,说冒名安娜斯塔西娅的安娜·安德森的真身,是波兰裔女工弗兰西斯卡·夏茨科斯卡。弗兰西斯卡有精神障碍,一九二二年从柏林失踪,有数名目击者和证人。而弗兰西斯卡的一个哥哥确认安娜就是他的妹妹。这样一来,安娜被赶出泽昂城只是时间问题。

安娜斯塔西娅的童年朋友、当时居住在纽约的格列布·泡特金制定了一个将失意的安娜带到纽约的计划，这边有一个由俄国流亡贵族形成的社区。他是沙皇家主治医生的儿子，父亲与沙皇一家一起遭枪杀。他并不知道沙皇一家和父亲被带离叶卡捷琳堡去枪决，还在托博尔斯克街头挥手送行。当时妹妹塔蒂亚娜也一起挥手。他由西伯利亚经日本逃到纽约。他相信安娜是公主的可能性，一九二八年一月，这个计划付诸实行了。

一九二八年二月七日，安娜在格列布·泡特金的带领下，从纽约港上岸，置身汹涌的人群中。这里面有对她持好意的人，有等着看她被剥下画皮的人，还有大批媒体记者。无数拍摄用的闪光灯闪亮，人群推搡着，让她很害怕。

当时活跃在纽约的俄国作曲家谢尔盖·拉赫马尼诺夫相信安娜可能是公主，他说如果她来求他，他会在经济上支持她一辈子。安娜之后也喜欢上这位流亡的俄国人的音乐，尤其赞赏他的钢琴协奏曲第二号，称这是俄国风格的杰作。她经常听这张唱片。

安娜滞留纽约期间，由富豪米斯·杰宁格斯照料。但是，渐渐地，这种滞留对安娜而言，也变成了不愉快的日子。受人照顾的代价，就是得没完没了应酬不知何方神圣的人以及媒体。

随着时光流逝，安娜·安德森的古怪举止渐渐显眼。一天，她把两只鹦鹉放出笼子，让鹦鹉在屋子里飞来飞去，她自己坐在下面好几个小时一动不动。她开始诉说：已经不需要同情了，我想要能够让自己自由的钱。

有一次，安娜想向警方坦白，于是从酒店窗户把各种东西扔到人行路上，等着警方来找她。她一边大喊"我要报复"，一边在房间里踱来踱去。

又有一天，她和一帮人前往 B. 阿尔特曼百货商场，到了商场中心，她就开始嚷嚷米斯·杰宁格斯的坏话，像是一心要让全世界知道似的。她不停地喊叫"在这个地方就这样子活下去，不如自杀"。

在房间里放飞鹦鹉时，她曾突然陷于歇斯底里状态，不留神踩踏了鹦鹉并致其死亡。她也会一下子陷入严重的失眠状态，一连几天夜不成眠，在房间里哭喊到早上。

一九三〇年七月二十四日，法庭判定安娜为精神障碍者，须强制入精神病科住院治疗。几名强壮的护士破门而入，将拒绝入院、把自己锁在房间里的安娜带走，送入韦斯特切斯特郡的霍温兹疗养所治疗。

这次的住院费用，也由米斯·杰宁格斯全额负担。但不久，得出的结论是将安娜送回欧洲最为合适。于是，这回就将安娜强制送上一艘驶向德国的船。

抵达德国后,安娜被一家位于汉诺威郊外的伊尔滕精神病院收容。历经长期不愉快的住院生活之后,一九三二年,安娜在德国护士的帮忙下出了院。她返回了柏林,在汉诺威的报业大王马扎克夫妇的援助下,住在市内的公寓里。不过,从一九三四年开始,安娜再度因神经衰弱而痛苦不堪。

当时的德国,正处于希特勒的纳粹党崛起的状况下。有一天,安娜收到纳粹党的一份通知,要求她与波兰裔女工弗兰西斯卡·夏茨科斯卡的家人见面。安娜最初拒绝了这个要求,但被再三通知之后,便以格列布·泡特金陪同出席为条件答应了。泡特金按要求从纽约来到柏林,安娜便与他一起不情不愿地前往警署,和夏茨科斯卡一家会面。

夏茨科斯卡一家作证说,安娜并不是自己家庭的成员。弗兰西斯卡的哥哥之所以以前认安娜为妹妹,似乎是收了罗曼诺夫家族某人的金钱而作了伪证。这一类的交易,安娜自己也常遇上:给你多少钱,别再瞎打什么自己是罗曼诺夫王朝的公主之类的主意。然而,通过这次见面,看来纳粹党接受了安娜主张的可信性。

罗曼诺夫家族的人为了侵吞存在英格兰银行的、安娜斯塔西娅的陪嫁钱,将事态扩大为法庭斗争。一九三三年,柏林中央地区法院判决俄国沙皇及其一家全部死于叶卡捷琳堡。这一判决实质上将安娜从所有权者中排除。一九三七年，安娜决心与之对抗，将自己的主张提交法庭。

争论焦点围绕罗曼诺夫家族遗产的所有权，但对安娜而言漫长且无聊，她在法庭斗争的中途就不关心案情审理，开始采取抵触的态度。安娜拿不出任何证据证明自己是公主。无论人家如何用俄语跟她说话，她都不以俄语回应，而是用英语或者德语回应。另外，作为安娜斯塔西娅理应知道的情况，诸如：在叶卡捷琳堡被处死时，为何只有自己侥幸生存？而自己是沿什么路径逃过敌军的耳目、得以在两年后出现于柏林？这类问题她无一能够回答。

一九四一年，柏林中央地区法院驳回安娜斯塔西娅的申请。虽然安娜上诉了，但第二次世界大战的战事变得更加激烈，法庭判案明显减速。一九四二年，法庭宣布案件的审理暂时中断至战争结束。

这期间，安娜获邀会见在柏林的希特勒元首。安娜非常赞赏希特勒建立新德国的手腕，立即接受了邀请。

希特勒在官邸接见安娜，言谈极具绅士风度。安娜一进入元首的房间，他便站起身鞠躬，对安娜使用"公主"的敬称。然后说，他自己调查了安娜，知道英国王室背叛了安娜一家以及安娜本人。自己即将进军苏联，干掉杀害安娜父母的人。到那时，保证会复活以安娜为中心的罗曼诺夫王朝。那一瞬间，安娜被唤起了痛苦的记忆，精神有点混乱。

接着，希特勒说，自己解决苏联之后还会平定英国，让安娜扬眉吐气。希特勒始终毕恭毕敬地对待安娜，丝毫没有怀疑她身世的意思。这番情景让安娜很受感动，颇为自豪。后来她好几次说起，这次见面成为她终生的精神支柱。

战争期间，安娜在某贵族所拥有的汉诺威的家里度过。虽曾因疲劳或结核病病倒过，但终于迎来了战争结束。战争结束后，安娜投靠了德国东部地区的朋友。某日她正在那个家的厨房里，苏联士兵进入了房子，安娜条件反射般，瞬间拿起刀子向他捅去，随即逃亡。

安娜后来好不容易逃到两德边界，在西侧的一个小村云塔伦根哈尔特的诊所住下并接受治疗。安娜暂时获得了安稳，从这里给纽约的格列布·泡特金写了信。格列布为她的平安而高兴，两人的通信其后竟持续了二十年。

一九五四年，在纽约的百老汇，话剧新作《安娜斯塔西娅》上演，获得了成功。这个故事在一定程度上以安娜·安德森的亲身经历为素材写成。剧中的安娜是身份不明的年轻俄国女子，在达尔多福医院住院，她一出院，便从桥上跳河，试图自杀。不过，一位年轻贵公子布宁救了她。布宁知道玛丽亚皇太后正在寻找失踪的孙女安娜斯塔西娅，便指导安娜，训练她冒充公主。于是安娜与皇太后重逢，得知安娜就是真正的安娜斯塔西娅时，两人悲喜交加。故事以大团圆结束。

这部戏的改编权后来被华纳兄弟公司购买，并被拍摄成英格丽·褒曼主演的电影。褒曼凭着在这部电影中的演技，获得了奥斯卡最佳女主角奖，但格列布对这部电影表示不满，说电影将对战后重启的、安娜的官司有不利影响。安娜也咒骂褒曼："这头瑞典母牛！"

到了一九五六年，名叫《安娜·安德森是安娜斯塔西娅吗》的电影上映，引起了一场大争论。电影的立场是，不否定安娜是弗兰西斯卡·夏茨科斯卡的可能性，自此以后安娜被视为老奸巨猾的骗子，她生活的云塔伦根哈尔特的村子成了好事者围观的世界性景点。安娜周围的环境与好莱坞电影里的情景大相径庭。安娜·安德森太出名的弊病开始呈现，那阵子零星出现的善意，被社会上对她的压倒性的反感淹没了。

安娜·安德森与帝俄时代的安娜斯塔西娅的记录之间，年龄、有记录的身高等方面很一致。而因为耳朵是一生都不大变化的，所以在判定人物是否一致时，发挥着与指纹同等的作用。鉴定结果是，从遗留世上的几张安娜斯塔西娅的照片中可以看出，她的耳朵与安娜·安德森的耳朵形状极为相似。但是，关键的、面容上的差异，让社会公众持有强烈的怀疑态度。

法官在俄语专家的陪同下造访云塔伦根哈尔特的安娜借住处，但安娜依然拒绝以俄语对话；关于自己活下来的理由，还有从叶卡捷琳堡出现在柏林运河的经过，安娜完全保持沉默。为此，身高、耳朵形状、年龄一致的有利因素也都失去意义，社会上也好、法院也好，归结为这样的见解：在当时存在的好几个安娜斯塔西娅假冒者之中，此人"恰巧有几方面条件一致，所以成为活得最久的、幸运的假冒者"。

一九六一年五月十五日，法院判决：因在叶卡捷琳堡发生枪杀尼古拉二世一家属历史事实，安娜·安德森主张自己是公主一事完全没有事实根据。判决的言外之意，原告是弗兰西斯卡·夏茨科斯卡的可能性极高。

安娜上诉，由汉堡的高级法院审理。这里增加了笔迹鉴定、颧骨至眼睛及额头的距离测定。尽管笔迹鉴定得出了肯定的结论，但下级法院认为"一致"的耳朵，测定结果却是"不同"。判决的过程未如安娜所愿，若这回再做出否定的判决，则安娜在德国也难以待下去了。

安娜斯塔西娅的朋友格列布·泡特金开始制定

计划，以便安娜打输官司时，把她再次转移到美国。但是，想来这也是很棘手的事。连自己的出生年份也弄不清楚的安娜·安德森没有正式的护照，另外从年龄上看，这次赴美应考虑永久居住了，所以办旅游签证不大合适。有必要获得永久居住权，但就是找不到办法。

格列布将情况广泛诉诸美国的支持者，掀起寻求援助的运动。一名美国人热心回应了此事。他叫约翰·依科特·马纳汉，是名有钱的历史学家，住在弗吉尼亚州夏洛茨维尔。他是格列布的朋友，是当地杰出的历史学家、家谱学者，还是罗曼诺夫王朝的研究专家。也就是说，关于安娜斯塔西娅的背景，他比迄今的任何相关者知道得都多，而且是安娜斯塔西娅的崇拜者。

加上他是位有影响力的人士，与美国政府要人保持着良好的私人关系，曾在多份宣誓陈述书上签名。他还保证掀起运动，上书美国国务院和德国领事馆，所以是一位求之不得的人物。

一九六五年，以之前的《安娜斯塔西娅》为基础，拉赫马尼诺夫作曲的大型百老汇音乐喜剧《安娜》在纽约策划上演。虽然这也是大量歪曲事实、娱乐至上的产物，但安娜·安德森因此而有版权收入，所以她也不便制止这样的事情。为此，安娜斯塔西娅在社会上的印象，已经极度神话化，年逾六旬的小个子安娜·安德森的形象与年轻女主角形象的落差，童话王国的公主的今天，实在难以被人接受。

一九六八年的美国，马丁·路德·金牧师和罗伯特·肯尼迪被暗杀，社会一片动荡，安娜的德国官司仍在持续。声援安娜的人寄来了为数众多的罗曼诺夫王朝相关照片和纪念品，这些东西都收在安娜的住处，但在家中多达六十只的猫和四条狗的为所欲为下，这些东西都面临着被损坏的危险。

法官在俄语专家的陪同下再次来到安娜的住处。但此时的安娜依然一概不回应任何俄语对话的要求。于是判决下达，安娜败诉。

五月，安娜在家锁上门，拒绝一切来客。她几乎不吃不喝，终于昏倒了。这种情况被偶然发现后，医生赶来，给她注射了吗啡。安娜清醒过来后，叫喊："我不看医生！我不去医院！"但她很快又失去了意识，于是被送往医院。

这些事情都成了八卦新闻，前往美国已迫在眉睫。安娜拿到了机票，她自己也不反对前往美国。

约翰·依科特·马纳汉是弗吉尼亚大学教育学主任的独生子。因父亲投资弗吉尼亚州的不动产发了财，所以成长于富裕的家庭。他以优异的成绩毕业于弗吉尼亚大学后，考上哈佛大学的研究生，获得了历史学博士学位。第二次世界大战时，他参军当了海军士官，复员后在美国南部一所小规模的大学教书。大约十年前，他回到了故乡夏洛茨维尔。

他用继承自父亲的遗产收集历史资料或书籍，使他的家仿佛成了图书馆。而安娜·安德森带来各种各样欧洲支持者们给她寄来的相关照片、纪念品，又使得他的家变成了博物馆。然而他们死后，这些东西都没有得到很好的保存。

一九六八年七月，安娜·安德森抵达华盛顿的达拉斯机场。日后约翰·马纳汉对朋友回忆道，安娜一脸惊恐的表情，个子小小的，看上去挺可怜。他丝毫不怀疑安娜就是公主，所以以最隆重的礼仪迎接她。身为历史学家、一介平民但拥有一流知识的他，深知这是何等荣耀的事。

安娜·安德森和她忠实的老朋友格列布·泡特金一起造访夏洛茨维尔的马纳汉家。两人受到约翰·马纳汉和邸宅管家的欢迎，开心地逗留了一段时间。夏洛茨维尔城镇周边有不错的田园风光，对成长于欧洲的女性而言，是很惬意的环境。

约翰·马纳汉为安娜·安德森提供了逗留美国的家，但没有跟她结婚的意思。虽然法庭的判决否定了安娜的继承权，但还是有人会说，马纳汉接近安娜，意在罗曼诺夫家的遗产。

然而，此时的安娜面临一个严峻的问题：安娜是持旅游签证进入美国的，因此六个月之后、也就是第二年的一九六九年的一月十三日前，她必须离开美国。可是,在欧洲或者任何其他地方,安娜已无落脚安居之地。因此她需要待在美国。

最为快捷的解决方法,就是跟一名美国人结婚。格列布有美国国籍,妻子也于若干年前去世,他与安娜结婚也是一个办法。然而那段时间他的健康状态不佳,无心结婚。而最关键的是,他没有那份供养安娜的钱。

有一天,格列布这样对约翰说:

"约翰,我不能跟安娜结婚啦。"

约翰·马纳汉一听,点点头,干脆地说:

"好吧,那就由我来结吧。"

就这样,安娜的晚年生活被决定了。

8

"噢,这位安娜·安德森女士,之后就作为约翰·马纳汉先生的太太,在弗吉尼亚州的夏洛茨维尔生活了。并且在美国的这个城镇终老啦。"

我这么一说,御手洗点点头,说道:

"是啊。"

"不过,假如这个人真的是俄国皇室最后的公主安娜斯塔西娅,她这一生也真够坎坷的呀。"

"嗯。"

御手洗翻译得累了,很少说话。他突然站起来,走过去打开冰箱,抽出一瓶毕雷矿泉水,倒进杯子里喝起来。

"始于俄罗斯的莫斯科……是莫斯科吗?"

"不,是圣彼得堡郊外的皇村吧。那里有他们生活过的宫殿。"

"哦,是吗?经历了第一次世界大战和革命,之后从圣彼得堡到西伯利亚的叶卡捷琳堡?然后是德国的柏林。再经历第二次世界大战,然后到了纽约,再返回柏林,又落脚美国的夏洛茨维尔。真是惊心动魄的故事啊!如果这个人是真的安娜斯塔西娅,她一家人是在叶卡捷琳堡被枪杀的?"

"是这么说的。他们一家人先是前往西伯利亚的托博尔斯克,并不是被押送去的。是之前临时政府的指示。临时政府是同情皇室的。然而,一位革命领导人出现在那里,据说是他下令将沙皇一家押送到叶卡捷琳堡,深夜在一所房子的地下室里行刑的。"

御手洗说着,走回沙发旁,坐下。

"据说是……?"

"所谓历史,就是多数人赞同的谎言嘛。"

御手洗说道。我点头,这话好像是拿破仑说的。

"可是,我觉得这位叫安娜·安德森的女子不会是真正的安娜斯塔西娅。"

我说出自己的想法。

"为什么？"

御手洗问道。

"首先是这张脸啊。"

我拿起最后一张传真，举起来朝向他。因为是传真，细节处一片黑，几乎不可辨认。这应该是晚年的安娜·安德森的照片。一幅人像上，唯有鼻子大大的，嘴唇弯曲得很奇特，耷拉着一只眼，呈现出一个表情险恶的老太婆。它旁边还有安娜斯塔西娅本人的照片，这一边是天使般温柔、画像般美丽的笑盈盈的白人美少女。两者予人的印象可谓天差地别。这名美少女后来变成了巫婆，我实在是难以相信，也不愿意相信。

御手洗笑了。

"石冈，不是说过，她那是'惊心动魄的人生'吗？我们看到的，也许只是她悲剧的一部分而已。也许那些地狱般的经历，残酷地改变了她的面貌吧。这两张照片之间，相隔了超过四十年时间。"

"那你是说，她是真的？"

我问道。御手洗摇头。

"我可没那么说。我只是说，暂时还一无所知。可供判断的材料太少了。还是不轻易做决定为好。这是一个容易出错的案子。"

他说道。

"否定她是真公主的材料，我觉得有的是。"

我说道。

"是吗？"御手洗笑着说，"那好，你试试归纳一下。"

他又补上这么一句：

"在我看来，材料尽显示她是真的公主，其实正感到为难呢。因为我不想太轻易下决定。"

我吃了一惊，看着御手洗：

"这话当真？"

"当然当真。那你先说你的意见，然后我再说我的看法。"

于是我便开始说了。对于如此明明白白的事情，御手洗究竟会如何反驳？我很感兴趣。

"有很多资料，不过首先是：假如安娜小姐是安娜斯塔西娅，她应该知道，为何只有自己逃过枪杀活下来吧？"

我这么一说，御手洗马上赞同：

"她应该知道的。"

"那她为何不在法庭上说出来？她希望证明自己就是安娜斯塔西娅本人的吧？既然这样，无论如何她也该说嘛。她为何保持沉默呢？"

御手洗毫不动摇，看着我的脸，这样说道：

"石冈，那些话，不正是假冒者才会说的吗？事关罗曼诺夫家庞大的遗产，假冒者想把遗产拿到手，这是他们展开法庭斗争的理由，对吧？不说出为何只有自己活了下来，钱就不能到手。事到如今，肯定得说些什么吧？编一个像模像样的故事，也必须说啊。什么也不说，多蠢啊。究竟为什么要打官司？"

我沉默了。御手洗继续说下去。

"不说，什么都不会发生。显而易见，贪得无厌的罗曼诺夫家的亲戚们抱着这些钱不松手，嚷嚷着安娜是骗子。敌人为所欲为啊，花钱收买目击者、对司法和警方施加压力，等等。事实就是如此。她眼看着就要被当成患精神病的波兰女工了。这些她肯定都明白。假如她是假冒者，那就真的是一桩愚蠢至极的事情了。"

我静静思考着，然后提出问题：

"也就是说，你……"

但是，御手洗打断我的话，说道：

"一方面想要遗产而打官司，一方面在法庭上又不说假话——假如有这样的人，那她不是对打官司一无所知的精神病患者……就只能是真的。"

我又沉默了一会儿，思考着。

"也就是说，你觉得她此时之所以沉默，就因为她是真的？"

御手洗又摇头说道：

"不不。不是这样的，石冈。针对你的说法，现在我想说的是，还不能说她是假冒的。假如要说真假，反倒是真的还能说得通吧。"

"那么,她为什么要保持沉默呢?"

御手洗皱起双眉,缓缓地说:

"虽然可以设想出好几种理由,但简单地说,她就是不想说吧。"

"为什么?"

我吃惊地问。这怎么可能?

"恐怕是因为其中某些事会大大损害罗曼诺夫家族的声誉吧。这些事说不出口,尤其是在法庭上。"

我看着空中,想了想,然后问道:

"这是真的?"

御手洗笑了。

"这些都还不知道,石冈。假如她是真的,就是世界上屈指可数的皇室公主啦。处于那种地位的女性,有我刚才所说的思路,是极其自然的呀。相似的例子,我知道的还有好几个。人家可是罗曼诺夫家族啊。占地球陆地六分之一的国土、八大宫殿、一亿三千万臣民、一万五千人的卫队——是十九世纪独一无二的帝国!"

"你了解得很详细嘛。"

"我有许多俄罗斯的科学家朋友,以前他们让我做过一点事。所以,这方面我比较清楚。"

"可是,她在纽约的情况……"

"那是最奇怪的吧?那可是纽约的媒体啊。对此搞得轰轰烈烈、追踪报道、拍摄,究竟还缺什么呀？这不正是她所求的吗？她为何不正正经经、理所当然地摆出安娜斯塔西娅的模样？是假冒的就另当别论。"

我一声不吭。说来也是啊。

"可是，她为什么那么闹，还被送进了精神病院？你是说，真的公主就会闹吗？"

我问道。

"不是的。我只是说，假的不会闹。"

御手洗说道。

"那俄语的问题呢？这一点很奇怪吧？即使说了俄语，也不伤害她作为公主的自尊啊。"

我说道。御手洗点点头。

"这一点的确是大问题。只要不存在这个问题，没准社会上也好、法庭也好，都会认可她是真的安娜斯塔西娅。"

"对吧？她不说俄语这一点，正是她作为真公主的证据，这话就连你，无论如何都说不出口吧？"

我抓住这一点不放。

"不过，假如是打遗产主意的假冒者，则以出自俄语圈为好。你看百老汇戏剧也好、好莱坞电影也好、音乐剧也好，都是这种套路的故事。"

"啊？"

"不会说俄语的安娜斯塔斯亚假冒者，那是不可想象的。所以现实里拍电影时，都不用这一招。"

"所以说她是真的？哎哎，好歹这些都很牵强附会吧？属于诡辩、强辩之类。"

我有点无奈地说道。然后我又接着说：

"一个不懂俄语的、患精神病的女孩突然动了心思，说自己就是安娜斯塔西娅，我觉得这事挺有可能的。"

然而，御手洗完全不为所动，这倒是出乎我的意料，似乎他手上还握有什么王牌。他若无其事地说：

"听说法院的看法也是这样。"

"哦。"

我应一声，很想知道他正思考什么。

"她说她看不懂钟表呢。还说不会数数。这是重大的事实。"

御手洗说道。

"咦，为什么？"

我带着警戒心回应，因为我不想轻易就上他诡辩的当。

"因为这种症状发展下去，存在丧失语言能力的可能性。"

御手洗说道。

"丧失语言能力？"

我有点不明白他的意思，问道。

"对，语言。准确来说，是母语吧。"

"母语?"

"没错,这是个要点啊,石冈。以下的情况一般人还不了解:大脑的语言领域从整体上看不是一个。从幼儿期开始接触、随着人的成长获得的是母语,它和成人之后学会的外语,使用的是大脑的不同地方。所以,恰巧承担母语的区域受损伤,而承担外语的区域平安无事的话,则有极大可能丧失母语会话能力,只剩下外语会话能力。"

"这是真的吗?!"

我吃惊地说道。

"我向上帝发誓这是真的。实例有很多呢。懂脑科学的人对这种事情一点也不惊讶。有许多报告可证实,因脑损伤位置不同,更加难以置信的病例有的是。"

"怎样的?"

"比如说吧,患上颜色识别障碍,将妻子错当成帽子,对着电线杆打招呼,坚信自己身上长出来的腿脚是他人的……安娜斯塔西娅的不幸,反倒是她没有出现那种程度的异常。假如出现了那么明显的异常,大家也就察觉到真相了吧……问题在于她的大脑。"

"但是,有可能发生那样的事情吗……"

"有很大可能啊。她的头盖骨不是有严重损伤吗?"

"对对,曾有凹陷性骨折。"

"还是好几个地方呢。头盖骨上,有多达数处凹陷性骨折,这可不寻常啊。她侥幸活下来了。而且身上有伤痕。这样的情况有点怪嘛。"

御手洗压低声音说道。

"为什么?"

"人类的脑子,从前常被比喻为金属盒子装豆腐。脑这样脆弱的豆腐,是由头盖骨这个硬壳和骨髓这种液体保护着的。能使金属盒子凹陷的冲击,其中的一种是撞击墙壁之类的硬东西。听懂了吗?"

"嗯。"

"但是,这种时候,里头的豆腐肯定走样。"

"啊!"

"一部分或者大部分,程度不同吧,受严重损害的反而是在撞击的相反那一面。这叫作'反冲击'。豆腐在盒子里头激起,撞在内壁上了。这是第二次撞击。"

"可不是么!"

"交通事故中经常看到这种情况。石冈,下面说的情况,在某种意义上说是震撼性的假说,谁都没有提出过。迄今研究安娜斯塔西娅的人,大半是历史学家,要不就是推理爱好者、思想家,并没有身在最前沿的医生、脑研究学者。"

"你的意思是……"

"所以,迄今的安娜斯塔西娅研究,缺少了这种医学性的部分。关于安娜斯塔西娅的患病症状，虽然我具备的知识，跟你掌握的信息没多大差别，但我有自信错不了，我可以这样说：安娜斯塔西娅得了高度脑机能障碍。"

"高度脑机能障碍？"

我问道。我没听说过这样的疾病。

"对。"

"是怎么回事？"

"大脑的高次元能力，例如计算、记忆、控制感情、语言等，就是这些方面出现了障碍，留下了后遗症。从前简单称之为头部外伤或者脑外伤。不，也不是从前啦，是直至去年为止……噢，直到现在，还有许多医生这样称呼这种症状。"

"什么！"

"这是全新的医学领域，不妨说是今年刚开始的。关于大脑的障碍，尚未能详细解释，也还没有适用的器材对精密的头部进行断层摄影。听说北海道大学引进了高级器械，就是那一类东西吧。"

"噢。"

"安娜斯塔西娅的情况明显是这种。不是抑郁性格导致的精神障碍，而是外来的冲击造成的脑损伤。在这一点上，迄今都是明显的误判。我觉得不可思议：为什么大家都没有察觉？即使发生了类似抑郁引起的记忆障碍，但不至于出现看不懂钟表的情况。

倒不如说，她看懂了，但说不出来。"

"所谓的'高度脑机能障碍'，是怎么回事？"

"发生交通事故、尤其是摩托车事故时，驾车者头部受到撞击，引起头盖骨骨折。他徘徊在生死边缘，后来奇迹般生还，给人感觉完全康复了。但他后来会出现种种后遗症，例如性格大变，或者不时大变。平时很正常，没有任何问题，待人温和，但他突然之间就会暴怒、摔东西、敲打墙壁。但他安静下来时，完全不记得自己狂暴的情况。我说的就是这样的症状。"

"原来是这样啊！"

"还有就是，怎么也想不起好朋友的模样。就连简单的计算，做着做着就不行了。记忆不了新的事物。比如说，刚刚读过的资料，想要记住其中内容；熟人说的话、电话里说的事，本该记得的，却像是完全没进脑子，都没影子了。大概就是这样的症状吧。"

"咦，似乎我也会这样。"

"毕竟你也遭遇过交通事故嘛。"

"确实是呢。"

"你要住院治疗一下吗？"

"……"

"总而言之，这样的人其实社会上挺多的。但迄今都处理得不明不白。或者一直被误解为单纯的性格太差、精神病之类的。就像安娜斯塔西娅那样。"

"噢噢。"

"因为距离交通事故较长时间了,就颇难得到周围人们的理解。人们只能以自己为标准来理解问题。但是,如今断层摄影的技术已取得进步,可从各个角度拍摄精密的大脑照片,医生用肉眼就可以看见脑部的伤了。于是,就能推断出这种疯狂的原因。"

"你是说……安娜斯塔西娅也属于这种情况?"

御手洗深深地点点头,叹了一口气:

"错不了的。如果这里有病历,也就可以知道头盖骨有多少处凹陷了,可以进一步说下去了吧。"

"对啊。"

"我觉得,假如给她做头部断层摄影,就可以准确看出脑部有何异常,恐怕还有萎缩。"

御手洗说道。

"安娜斯塔西娅也说过,脑子在头盖骨里头蹦跳……"

"对了,石冈。头盖骨的内侧呀,其实不是平整的,有许多地方骨头尖突,比如眼球后面、鼻骨后面等。这些地方往往会伤害大脑。这种情况的话就是前头叶而已,但是,交通事故中,最多的案例是侧头叶的损伤。"

"侧头叶……"

"对,是侧头叶。汽车也好、泰坦尼克号也好,都是这样的。人的脑袋也是，几乎没有完全正面撞击的例子。做撞击实验的话，都是那么干，可现实中呢，人会闪避，一下子就歪过头来。于是，侧头叶就挨撞了。"

"侧头叶是管什么功能的？"

我问道。

"据推测，是控制感情、理解音响和音乐，并将其记忆、储藏的地方。不过最大的作用，是负责左侧的语言。"

御手洗说道。

"那里受伤的话……"

"发生交通事故时，会萎缩。做断层摄影的话，受伤一侧的侧头叶，会变得比正常的一侧小。像患阿尔茨海默症那样，脑子里会出现空隙。"

"原来是这样……"

"有必要的话，房间里有照片。不过还是算了吧。"

的确，即便看了，我也不明白。

"假如那是语言的区域，当然就造成了某些语言障碍。"

"你是说，安娜斯塔西娅发生过交通事故？"

听我这么一问，御手洗笑了。

"假如安娜斯塔西娅是'阿拉伯的劳伦斯'那种飙车迷，倒是另当别论，但事实并非如此。所以，很显然不是交通事故。"

"然后呢?"

"所以,刚才说了,这一点很奇怪。她可是有好几处头盖骨凹陷骨折啊。即便是交通事故,也到不了这个程度吧。到这种地步的话,人早就没救了。你不妨想象一下:一个装了豆腐的饭盒,好几次砸在墙上,会怎么样?"

"天哪,岂不是一塌糊涂?"我不禁皱眉,"饭盒凹陷了,里面的豆腐也稀里哗啦了吧?"

"对。"

"比看不懂时钟严重得多吧?"

"对。"

"可是,她竟然安全生还了,还能独自生活。"

"对。那么,她身上发生了什么事?"

御手洗稍微想了想,这样说道:"把饭盒搁在地上,拿锤子砸的话会怎么样?这样的话,里头的豆腐伤得不那么厉害,只有饭盒凹陷下去好几处。"

"嗯,也就是说……"

我受到了冲击,可怕的情景呈现在脑海里。

"对,只能这么认为,她的头部好几次被硬物用力敲打。"

"锤子或者……"我嘀咕道,"可以想象到这一类东西。不过,对于眼前的人的脑袋,不是随便能做到的吧。人是有感情的。但是,假如在战场上,一时丧失理智的人，这种事情就能轻易做到。士兵就携带着非常适合干这种暴行的工具。"

"是什么东西？"

"枪。就是枪托的底部啦。也就是说，好几个士兵倒持着枪，用枪的这个部位，向脚边的弱者的脑袋一再使劲砸。于是，弱者就出现这样的症状。"

"没错……"

我受到震撼：这简直是恶魔才会干的事！

"动手的人不仅不打算救弱者，反而认为弱者反正得死，于是猛砸下去，就会出现她那样的症状了吧。"

我惊讶得说不出任何话来。

"石冈，在这样的场合，被害者头部什么地方会受伤呢？"

"被害者站着吗？"

我问道。

"应该是躺着吧。"

御手洗说道。

"那样的话，受伤的应该是头的侧面吧……"

御手洗当场模拟，做了一个击打的动作。

"这样子嘛，石冈。就是头的侧面、耳朵上面一点。而这里正是侧头叶，左侧的话，就是负责语言的部位啦。"

"噢噢，所以就……"

我说道。

"应该错不了吧。虽然没有病历,她的凹陷骨折之一,就是头的侧面,错不了的。"

"嗯。"

"那么,其余是哪里呢?"

御手洗说道。

"其余的话,她会转过脸,试图躲避枪托,所以是后脑……"

"确实有可能,石冈。但是,也许可能性很低。"

"为什么?"

"我们得到的材料极少。不过,我们且用这极有限的材料尝试推理一下吧。后头叶大半由处理视觉的区域占据。这里若有损伤,有可能出现某些视觉障碍。但好像没听说她有这种情况。"

"是吗?那就不是这样……"

"不能断言没有。安娜斯塔西娅朋友少,加上她是公主,不大会跟其他人说自己身体的状态。所以,情况不清楚。但是可能性减小了。再往下、近脖子的地方,我感觉也不一样。"

"噢……不会是头顶部吧?这里是枪托不容易打到的地方。"

"可头顶叶负责把握方向和计算。我感觉,她头顶部有凹陷的可能性相当大呢。"

"是这样……那前头叶呢?"

"可能有。这里是大脑的司令部，管思考、概念化、感情的主观认识，是将大脑各部分信息的输入折返为输出的重要场所。从安娜斯塔西娅的人生里头，应考虑到这里的损伤。不过，情况不明朗。"

"噢。"

"现在只能说到这个地步了。不过，不妨只做这样的大脑皮质检查，其下的边缘系或者脑干损伤不予考虑也行吧。假如只针对枪托殴打可能造成的外伤的话。"

"边缘系和脑干是怎么回事？"

"所谓脑干，也称为'爬虫类的脑'，是进化上最古老的脑子啦。人类祖先的动物，在五亿年前就拥有它。它管呼吸、血压和运动，控制着这些根本性的生存能力。

"之后形成了小脑，记忆储藏和感情产生，也就是食欲、性欲、愤怒、怯懦、逃避——这些生存所必须的、产生情绪的各模块。这些方面统称大脑边缘系。哺乳类都拥有这个脑子。

"接下来，大脑这样一个更为高级的神经细胞网络形成，取代了小脑的作用。这些表面灰色的皱纹是大脑皮质，也被称为'思考的帽子'。人类的脑子，按照刚才叙述的顺序进化而来，然后又按相反顺序深化。"

"是这样的吗？"

"她没有行动障碍。凶暴的程度有点成问题，但还不算太糟。看来也没有大的记忆混乱，没出大错。也没有变成强奸犯、精神变态者，所以问题不大吧。

"人类真是无知啊，石冈。明明是脑子受损导致的异常，人们却硬是给她贴上天生坏女人的标签，往精神病院送。从前的'抓女巫'，肯定也是这么回事吧。"

"原来如此……"

"除此之外，导致她特殊症状的具体情景很难想象。这么一来，反而是认定她是真公主的思路，更易于理解她的受难状况。若是假冒的，无法准备得如此周到、且符合逻辑的状态吧。"

"噢噢……"

我遭受了痛彻心扉的打击。

"还有呢，石冈，刚才说的患高度脑机能障碍的人，几乎都是年轻人，以十几岁的年轻人居多。十几岁的年轻人生命力旺盛，要活下去的个体力量强，所以，他们往往会苏醒、康复。于是，就带有脑障碍了。若是年纪大的人遇上重伤事故、脑子受到大的伤害，就此死掉的例子很多。"

"嗯嗯，明白了。"

"而安娜斯塔西娅蒙难之时，仅仅十七岁而已。"

"确实是啊，很年轻呢，所以她康复了。"

"可惜了，仅靠这份资料，还存在一点不明之处。但如此重大的证据，看来她没有在法庭上用，以此证明自己是公主。"

"哦，是那样吗？"

我发现了。

"假如是想谋取遗产的假冒者，绝对不会做这样的蠢事。她可以灵活运用证据，把自己头部的损伤跟病历一起呈上法庭，证明自己是真的。"

我点头，说道：

"噢噢，也就是说，你……"

"哎，石冈，我说过好几次啦，我现在想说的是：在任何情况下，都否定不了她是安娜斯塔西娅的主张。至少，就迄今为止举出的证明材料是这样的。倒是下点功夫的话，就能利用这些东西来证明她是真的。"

"哦……"

我点头，感觉自己受到的冲击，正逐渐转化为感动。

9

"安娜斯塔西娅公主的成长经历是怎样的？罗曼诺夫一家有过什么样的经历，沦落到在叶卡捷琳堡被处决的地步？"

我问道。我对于世界史不甚了了。

"那我就来作个简单的说明吧。所谓罗曼诺夫王朝，是一个持续约三百年之久的专制君主制王朝。它的先祖，有彼得大帝这样的传奇人物，他奴役民众，在波罗的海沿岸的沼泽地建立了首都圣彼得堡。嗯，所谓专制君主制的王朝，通常就是这样开始的啦。

"然而，安娜斯塔西娅的父亲尼古拉二世，并不是这样的硬汉，他为人内向，有点怯懦，虽为人诚实，却是有恋母情结的人。他的理想不是当沙皇，而是在克里米亚的夏宫里栽培花草。这么一名男子二十多岁时就因父皇驾崩而不得不继承皇位。对于他这样的人，这的确是很重的担子啊。

"而且他时运不济，当时封建制度的不合理已经暴露，革命运动之火在欧洲大地蔓延、勃兴。就在世界大战的脚步声迫近、至为艰难的时代来临之际，一位最不适合当沙皇的人，却登上了最大的帝国的皇位。

"罗曼诺夫王朝的终焉，是多重不利条件重叠的结果。其一，如同往常一样，是女人。尼古拉在皇太子时代，在叔父的婚礼上认识了一名叫阿利克斯的女子，对她一见钟情。年轻时的尼古拉英俊潇洒，两人很相爱。

"尼古拉想跟阿利克斯女大公结婚，而阿利克斯是爱丽丝大公夫人的女儿，爱丽丝大公夫人是嫁入德国王室的英国维多利亚女王的女儿，血缘上无可挑剔。她性格也好，很开朗，人称'阳光公主'。

"然而，这里面却存在一个令人不安的因素，那就是维多利亚女王出自血友病的家系。这是不利条件之一。但是，尼古拉不在乎，两人高高兴兴结了婚。阿利克斯改信俄国东正教，并且努力学习俄语，将名字也俄国化，改为'亚历山德拉'。在尼古拉二世继位仪式之后，两人举行了自己的结婚仪式，幸福满满。

"然而，尼古拉的母亲，也就是婆婆玛丽亚皇太后讨厌亚历山德拉。皇太后深知儿子尼古拉二世对自己有很强的依赖性，任何事情都不敢违逆自己，于是她打破皇室的传统习惯，仍旧把持着大半本应移交给皇后的政务，不肯放手。本应移交给儿媳妇的宝石、贵金属、衣服也不移交。所以，亚历山德拉在皇宫里仅是皇室一员而已，这种情形使她感到紧张不安。她想获得实权，就绝对不能失败。这是不利条件之二。到此的情况，你明白了？"

"噢。"

我说道。

"这时候，出现了老一套的继承人问题。按照当时的俄国法律，皇位须由皇子继承，也就是说，不是儿子的话不能继位。说来，这是战乱时代的传统吧。"

"这样啊。"

"可是，亚历山德拉没能生下儿子。她一连生下了四个孩子：奥尔加、塔蒂亚娜、玛利亚以及安娜斯塔西娅。然而不妙的是，四个都是女儿。女儿没有皇位继承权。这样一来，作为皇后，她就没有政治实权，永远是个摆设。亚历山德拉陷入困境：生不了儿子，等于没有皇后的资格。更何况玛丽亚皇太后咄咄逼人。这些都明白吧？"

"嗯，大致上能懂。"

"于是，亚历山德拉开始热衷于种种祈祷拜神和符咒。然后，拼了老命也要继续生孩子。有一个说法是，在安娜斯塔西娅之后还有了另一个女儿。但是，因为害怕公布出来后，民众的不满会爆发，所以隐瞒了这个孩子的出生，送人寄养了。"

"真的？"

"所谓王室，也跟演艺界一样，是一个天天演戏给国王、公主看的世界。内部情况就是这么回事。而生下的第五个孩子，照风传是第六个了，终于是儿子了。他就是阿列克谢。终于有人继位了，亚历山德拉也好、丈夫尼古拉也好，得以松了一口气。于是，亚历山德拉也从皇太后那里夺回了参与政治的实权。可是，这个孩子得了可怕的病。"

"啊？什么病？"

"血友病嘛。"

"血友病？"

"对。果不其然患上了。当时没有治疗方法，是一种被诅咒的病症。"

"血友病是一种怎样的病呢？"

"就是一种很难止血的病。所以，患者不能受伤。而且阿列克谢的病情比较严重。他在婴儿期就有症状，人没有受伤，肚脐眼却突然冒出血来，很难止住。所以，他到了少年时代，就更令人放心不下。膝盖一擦伤就可能致命。而且还伴随着剧痛。这是不利条件之三。不过，这也属于不利条件之一的范畴。"

"噢噢……"

"在这之上，还得加上一个不利情况：就是战争。首先是日俄战争，然后就是第一次世界大战。这些都是尼古拉二世时代的战争。而他的军队一输再输。你知道的吧？日俄战争的结果一反众人的预测，日本取胜了。俄军战败与'流血星期日事件'有某种联系。"

"'流血星期日'是怎么回事？"

"民众举行反贫困的和平游行示威，但沙皇军队开了枪，打死了人。这个事件加上战败，成了要求废除专制君主制、实行立宪君主制的契机。渐渐地，民众的愤怒压制不住了，尼古拉只好不情愿地承诺召开国民议会。尼古拉性格上不适合领导战争，他很快就失去了国民的信任。

"更加不利的情况是,第一次世界大战俄国的对手,竟是亚历山德拉的出生国德国。皇后因此不可挽回地遭到国民的厌恶。甚至有人公开声称她是德国间谍。对于塞尔维亚人与克罗地亚人的传统不和,俄国支持同为斯拉夫人的塞尔维亚,因此与德国对立。为此,将彼得大帝建立的首都圣彼得堡改名为彼得格勒,不再用德语的读法。"

"那 St. Petersburg 是怎么回事呢?"

"那是英语读法。尼古拉率军作战时,国内政治由亚历山德拉代管。但是,她为儿子阿列克谢的血友病操碎了心。事实上,阿列克谢因为大量流鼻血等,数度卧床。于是,拉斯普京得以登场。日本式的发音是拉斯普京。怪僧拉斯普京的名字你听说过吧?"

"噢噢,有,听说过的。"

"他是神灵附体的祈祷治疗师。在俄国,从前就有祈祷治疗的传统。据说每次阿列克谢大量出血卧床时,拉斯普京一祈祷就止血了。"

"真的吗?"

"谁知道!但是,他似乎有预言者的力量,有灵力和灵感,相应具备一些才能或魅力吧。出来这么个家伙,就是不利条件之四了吧。"

"据说他跟皇后有亲密关系呢。"

"那是道听途说吧,但我不相信。他不笨,是个清醒的政治家。皇帝健在之时,他不会干这种危险且愚蠢的事情。

"不过,皇后很依赖他倒是事实。阿列克谢不知何时犯病,也许会丧命。阿列克谢是皇后亚历山德拉的权力基础。在皇太后强势的皇室,如果阿列克谢死了,皇太后就会卷土重来,还会让她做回原先的摆设。因为她再也不可能生儿子了。所以,皇后就须臾不能离开拉斯普京了。阿列克谢因他而得以生存。至少,在皇后眼里是这样的。要保住自己的权势,无论如何需要借拉斯普京之力。

"沙皇亲赴对德战场。所以政务交给了亚历山德拉。但她非常依赖拉斯普京。这一来,政治上的判断必然受到拉斯普京的影响。渐渐地,社会上有了恶评:俄国的政治私下里被拉斯普京操纵了。

"议会激烈攻击拉斯普京,将他视为俄国政治腐败、国力低迷的元凶。这一切,都派生于阿列克谢的病和皇太后敌视皇后亚历山德拉。如果没有这些因素,拉斯普京不可能染指皇宫内的权力吧。"

"的确是的。"

"当时,议会选出来的斯托雷平首相一再处死反对派,而他自己也被暗杀了。这时候,有人策划暗杀拉斯普京,并且成功实施。时间是一九一六年的十二月。皇室也有人牵涉其中。不妨说,这次暗杀是革命的起因。

"尼古拉二世迅速失去了国民的信任，身边的人建议他让位给儿子，改变国民观感。但是，尼古拉说阿列克谢患病，不宜继位，要把帝位让给弟弟米哈伊尔，便退了位。然而，米哈伊尔拒绝继位。这么一来，俄国便没有沙皇了。

"没了皇帝的彼得格勒皇宫，由同情皇室的人临时管理。"

"噢！"

"尼古拉二世一家在八月离开皇宫，逃亡到西伯利亚的托博尔斯克。尼古拉原本想去克里米亚的皇宫培植花草，但克伦斯基建议他们去托博尔斯克。那里有前市长的官邸，人称'自由之家'，感觉那里适合沙皇一家隐居。如果居住在皇宫，害怕会刺激民众，有危险。

"然而，在托博尔斯克的尼古拉二世一家被软禁起来。到了第二年的一九一八年，据说沙皇一家被从托博尔斯克押送到叶卡捷琳堡，在一处宅邸的地下室，沙皇全家被枪杀。一般认为时间是一九一八年七月十七日深夜一点半。

"一九七九年五月一个早晨，地质学家亚历山大·阿布德宁在叶卡捷琳堡郊外的森林进行地质勘查，意外地发现某处浅层埋藏了大量人骨，他怀疑遗骨属于罗曼诺夫沙皇一家。

"又过了十年多，发现遗骨一事被公之于众。于是西方也派出调查团，用包括DNA鉴定在内的最新科技进行鉴定。这是一九九一年七月的事情啦。

"说实话，我也参与了这次调查，这可是个秘密。西方学者与苏联学者之间竟完全无法合作。就连一起去餐馆，意见也从不统一。永远需要旁人来调停。这种情况持续了相当长的时间。鉴定上，英国王室的菲利普亲王也提供了自己的DNA，作为亚历山德拉皇后的血缘。得出的结果是……"

"结果是什么？"

我探出身子。

"百分之九十九的概率，可以断定那是尼古拉二世一家的遗骨。"

"哇！那还是说明了安娜斯塔西娅是假冒的……"

我急切地说道。

"关于尼古拉二世一家的遗骨，留下了若干疑问。不过其余问题不大。社会上对这件事抱有挺大期待的。研究室不断接到来自德国和美国传媒的电话。然而，在这些遗骨中，没能确认阿列克谢和安娜斯塔西娅的。"

"什么？！那……"

我激动起来，身子更加前倾了。

"没错，贯穿战前和战后、在德国闹得很厉害的安娜斯塔西娅之争，也就是安娜·安德森是否是安娜斯塔西娅的真假论争，至此仍无法盖棺定论。即便在叶卡捷琳堡的森林，也没能发现可以断定安娜·安德森是假冒的证据。一九九一年，安娜已在夏洛茨维尔去世，但她的主张和名誉之争，却就此延续下来了。"

"这样啊。"

"在日本，这一年产生了只有安娜斯塔西娅公主幸存的传说，但在欧洲和美国，这个问题其实一直延续着。"

我瘫靠在椅背上，但心中的某个角落有了安心的感觉，神秘感保住了。

"不过，在任何事情都喜欢有个结果的日本，流传着一个说法：其实后来确认了有安娜斯塔西娅的遗骨。可我这个当事人可以明确地说：以我自己的判断也好，从俄罗斯的专家朋友们那里听说的也好，从没确认过那种说法。纯属谣言！"

御手洗说道。

10

御手洗说完分析之后外出了，我马上给利奥那打国际长途电话报告事情经过。虽然她把自己的私人电话告诉了我，但任何时候打过去，都是英语的录音留言。

我对着录音电话说着从御手洗那里听来的内容，略去世界史知识的部分。因为录音一直持续，我也就说个没完。

"I'll call you back as soon as possible. Thank you.（我会尽快给您回电话。谢谢。）哔——"我听完她口齿清晰的留言，音调低沉地说起来："你……你好，喂喂……"断断续续地用日语叙述着无边无际的内容，不知何时结束。放下话筒后，我不安起来：不知利奥那听了作何感想？她满以为涌进来好多礼数周到的英语信息，会觉得我念经似的内容没劲得很吗？

我自知音调低沉，但无奈天性如此，没有办法。但是，想来我对录音电话说话的能力长进了。社会上刚开始普及这种可怕的机器那阵子，我在没有对方应和之下，什么也说不上来，好长时间内都只说一句"那我再打过来"了事。偶尔有要事说时，就紧张得语无伦次，想不起自己的电话号码啦、记错了城镇名啦、弄错了朋友名字啦、说错了约定的日子啦等。纠正错误的时候，又说成了平生头一回的奇葩表达，最终连自己的名字都说错，只好挂掉电话。我为了能否让我重说一遍而懊恼，有时一想到朋友迟早会听到我那些话，我都不想活了，钻进被窝里生半天闷气。

利奥那的回音来得意外地快，第二天上午就有了。那时御手洗已经出门了，房间里还是我一个人。我拿起话筒，是利奥那的声音，我就像个淘气被发现了的小学生一样，畏畏缩缩。

"利奥那女士，实在很抱歉！"

我道歉的声音就像呼救一样。

"嗯？怎么啦？"

刚要说话的利奥那，兴冲冲的腔调一下子沉了下来，仿佛一冒头就被浇了冷水。

"你为什么要道歉，石冈先生？"

利奥那问道。

"我不是说了很没劲的电话录音嘛……"

"怎么会？很棒的内容嘛。安娜斯塔西娅竟然是高度脑机能障碍！她丧失俄语的原因是侧头叶的损伤！太棒啦！这些都是迄今被安娜斯塔西娅研究专家忽略的呀！经你这么一说，确实就是那么回事。为什么欧美人士之前都没有想到呢？当然，这种病还不是很为人所知吧。"

"是的。"

"就算是在交通事故已是家常便饭的今天，这个病名也还不太常见吧。可是，头盖骨上有许多凹陷骨折，该人的脑机能必定出障碍的呀。这个见解很棒！不愧是御手洗先生。"

"哪里哪里……"

"我觉得，大家无意中妒忌着安娜斯塔西娅的地位。包括我在内的所有人。所以呢，就会有一种情绪，希望这个叫安娜的女人天生就是坏蛋。因暴行导致障碍、造成她这种情况，这只要想一想，谁都会想到的，竟然没有一个人替她这么想。这实在是太过分了。没错，这种情况的确有可能。"

利奥那自己理解并接受了。

"而且，御手洗先生竟然参加了尼古拉一家的遗骨调查团，这家伙真是闷头干大事的人啊！那次调查，还是没有发现安娜斯塔西娅的遗骨吧？"

"对，说是这样的。"

"因为这次的事，我也真得动脑筋思考了。"

看来，比起直接听御手洗分析的我，利奥那体会到的经验教训多得多。

"理查德·瓦诺文有一位作家朋友，叫捷列米·克拉维尔，是研究安娜斯塔西娅的专家。他已经出发去你们那儿了。"

"哎……"

我不知所措，利奥那放声大笑着说：

"他真是个急性子，这个捷列米。就像是理查德喜剧中的人物一样。所以，到了之后，有劳接待他一下。我一说你告诉我的事情，他马上说一定要见御手洗先生。又听说御手洗先生会英语，拔腿就赶往洛杉矶国际机场。此刻应该正在太平洋上空吧。他说，如果御手洗先生不方便，他就去箱根的富士屋酒店,看那张幽灵军舰的照片。那艘有罗曼诺夫家徽的军舰。然后他想写一本书。他呀,是一名安娜斯塔西娅迷呢。御手洗先生明后天的安排如何?"

"没问题吧,没听说他有事。"

"真的?那太好啦。"

利奥那松了一口气似的说道。

"照片我们也请酒店负责人村木先生复制了,带到这里来了。所以,不必去箱根,马上就能给他看……"

"太好啦,他一定高兴坏了。那请帮我给御手洗先生问个好吧。捷列米该给你们打电话了。"

"给这里?打电话?"

我一下子慌了。

"不打给你们见不了面呀。我已经给他电话号码啦。没关系的,捷列米人品极好,我保证!你就放心吧,石冈先生。再见!"

第二天上午,捷列米·克拉维尔从成田机场打电话到我们屋子。因为再三拜托御手洗待在房间里,我得以避免用英语讲电话的苦差事。

说好在关内站接他。我们吃过午饭,下午便来到关内站的出入口等捷列米。这时,一个以美国人标准看算是小个子的男人拖着带轮子的旅行箱,嘎啦嘎啦地出现了。他仿佛刚从夏威夷旅行归来似的,身穿夏威夷衬衣,左右交叉斜背着照相机和挎包。

因为除他以外没有外国人，我马上就猜着了。

头发略微稀疏，小个子，再加上不大讲究打扮的模样，乍一看我以为他是来自冲绳一带的日本人。看来他也马上猜出我们了，立即挥着手，满脸喜色地向我们走过来。

打着招呼，御手洗和捷列米握手。那情形，外人看来就像是老朋友时隔十年的重逢。他的个头比御手洗矮很多，仿佛御手洗才是远方来客。

接着，他向我伸出手，说了日语：

"konnichiwa（你好）。"

"您好。您累了吧？"

不言而喻，我说的是日语。

"噢，他说什么？"

他用英语问御手洗。御手洗向他解释后，他说"不，一点也不累"，然后做了一个怪异的体操动作。

然后，捷列米举起食指，摆出硬汉电影主人公的表情，怪声怪调地说着日语：

"前往横滨的巴士站……在哪里？"

然后他改用英语说：

"我在飞机上拼命记住的。"

"噢噢，不过，您在成田找到了吗？"

御手洗问道。

"没有找到。"

捷列米说着，转而指着我，用日语说道：

"孩子他爸。"

我有点恼火,说道:

"我单身。"

"还有什么其他记住的日语吗?"

"美女,一起喝茶好吗?"

"那可是石冈的专长。还有呢?"

"有漂亮女人的地方在哪里?"

我们面面相觑。

"您的日语书在哪里买的?"

御手洗问道。

"是利奥那给我的。"

御手洗一副恍然大悟"原来如此"的样子。"那是只适合演艺界的日语。我们给您买一本正经的日语书,您那本书不用为宜。"

"一起喝茶好吗?"

"我明白啦。那我们就去那家叫'马车道十号馆'的咖啡馆吧。"

于是,我们帮他拿起行李,向马车道走去。

说来他的行李并不多,就决定先去喝茶,再回酒店。我们在马车道十号馆靠里落座,点了咖啡,他随即谈起了自己的工作。他曾经好几次在夏洛茨维尔拜会安娜·安德森·马纳汉和她的丈夫约翰·伊科特·马纳汉,也曾在他们家留住。迄今他写过一本关于安娜斯塔西娅的书,但无法确信安娜·安德森就是安娜斯塔西娅，内容泛泛，所以自己也不满意。近来希望写成内容充实的大作。因为听了利奥那介绍你们的情况，以及你们在箱根看到的奇特照片、御手洗先生有在叶卡捷琳堡参与尼古拉遗骨调查的经历，所以就飞了过来。这些轶事希望能写进自己的书里，务求当事人讲述一下。而自己也会知无不言，请我们不客气地提问。

随后，他取出自己的著作、安娜·安德森的照片以及安娜斯塔西娅的照片，摆在桌子上。那是之前利奥那传真过来的照片。

"怎么样？毫无相似之处吧？再怎么看，也没有人认为她们是同一个人。"

捷列米说道，我赞同地点了点头。他继续说：

"我也一直这么觉得。十年前的事了，我跟安娜·安德森女士见面多次。即便见了面，我这个想法也没有改变。之所以这样说，是因为她胡说八道。总是不着边际地撒谎。太过分了。什么沙皇没退位啦、在叶卡捷琳堡遇害的是替身啦，真是闻所未闻。即便是动画片《安娜斯塔西娅》，都不会有那种情节。遗骨调查的结果，也是……"

"是否定的。"

御手洗说道。然后，他这样解释道：

"他们是真的尼古拉二世一家。不过，如果替身们有英国王室的血缘，那倒另当别论。"

"有皇室血脉的人不可能当替身的。"捷列米说道,"所以,那就是沙皇本人。因为类似的谎言很多,她就被怀疑了。信了她的话去调查看看,马上就会明白是谎言。也有好几个人不去调查就写报道,结果闹了大笑话。这些人都转而写诽谤她的文章了。可以说,是她自己把事态恶化的。"

"她编造谎言的理由,您是怎么看的?"

御手洗问道。

"我感觉她在试探我,希望我去调查、思考。我还觉得,因为一直以来被许多人害得很惨,她想要报复。"

"也就是说,她在试探您是否值得信赖?"

这时,捷列米稍微想了想。他的表情让我觉得似曾相识,但我一下子想不起来是谁。

"她应该是信赖我的。她一再对我说,我不会对你撒谎、我会说实话。据她说,理由是我的眼睛像她的父亲尼古拉二世的眼睛。"

"是这个人吧?"

御手洗翻开手上捷列米著作的一页,放在桌子上。书页上是尼古拉一家人的合照。

我也凑近去看那张照片。说像可能也行吧,但在我看来是不同的人物。印象的差异是髭须造成的。尼古拉有髭须,而捷列米没有。

"于是我就说了:颜色不同呀。我的眼睛是褐色的，您父皇尼古拉二世的眼睛跟您一样，是蓝色的。但是，她说不，尽管颜色不同，但我的视线像她父亲的，我看着她时，仿佛父亲转世看着她一样。所以，她在父亲跟前不撒谎。"

"噢。"

"事实上，我觉得她对我说了许多实话。五十年代，有个逃亡的苏联人叫米尔科夫，他留下了大量采访安娜斯塔西娅的录音带。但她还有许多事情没有对他说。例如，尼古拉服用可卡因的事情，她自己也服用过，并且认为是自然的东西，现在也不觉得是坏事。这些内容在安娜斯塔西娅的研究专家看来，都是不得了的独家新闻。只不过，这些都比不上这回你们提供的东西吧。"

"哪里哪里。"

这时，捷列米的咖啡、我们的红茶都上来了。捷列米往咖啡里放了两块砂糖，搅拌起来，然后说道：

"可尽管当着我的面，安娜还说那是替身。大言不惭！她说的时候，她丈夫约翰也在，他兴奋地记录下来，但我就没有受骗上当。我一直追踪尼古拉二世一家，马上就知道她在撒谎。所以，很容易想象，她在其他作者跟前是如何胡说八道的。"

然后，他喝一口咖啡，说了一句"味道挺好"。

"我觉得，替身的说法存在别的意图。"御手洗开口道,"听了您刚才的说法,我还是这么看。"

"是什么意图呢?"

捷列米问道。

"她的想法是:替身的谎言,将来就让世界相信了也无妨。否则,她不会在父亲的眼神前说。"

捷列米无言,只是眼神在探寻着理由。

"可能吧,理由就是为了维护罗曼诺夫一家的尊严。会不会是因为,她不想提及她的父母和姐弟在被处死前后遭受的屈辱呢?"

捷列米又陷入了沉默,静静地思考着。

"她想,她所说的,会作为历史事实流传后世。"御手洗说道。

"她想过的吧。"

捷列米赞同道。

"即便被说成是骗子、撒谎的波兰女人,即便自己的名誉被糟践,只要保住了罗曼诺夫家族的荣光,也完全值了吧。"

沉默了好一会儿之后,捷列米这样说道:"您是说,在她大量谎言的底下,一直存在这个念头?"

御手洗无言地点了几下头。

"是的。对她来说,有无论如何也不能说的事实。虽然要证明自己是真的,就必须公开一些事,但唯有这事说不得。即便被说成是假冒的,也说不得。"

"这样啊……"

"她有意撒谎的大部分，看来就始于这里。所以，证明自己是真的这件事，她到了中途就放弃了吧。"

捷列米缓缓地点头。

"也许是这样的吧。不，肯定是这样的！说来我还想到许多值得注意之处。"

他说着，脸上的笑容消失了，有点出神的样子。他那表情的确有点像尼古拉二世。

"稍后我再说吧。是不适合在这种地方讨论的话题，现在就免了吧。"

他说道。

"这两张照片相差太大了。"

我插了一句话。我的发言随即由御手洗翻译了。

"是啊。但是，安娜斯塔西娅的照片，留存下来的都很漂亮。"

捷列米苦笑着说道。

"当时她在宫内绝非数一数二的美人。个子矮，被公认没三个姐姐长得漂亮。出嫁最晚，也比姐姐们嫁得差一个档次。她绝对不是姐妹中最引人注目的。

"安娜斯塔西娅的名字变得有名起来、被单独提起，是进入五十年代，美国百老汇和好莱坞把她塑造成传说中的英雄之后的事情。之前的安娜斯塔西娅无非就是一个不起眼的老幺。她是个野丫头，在宫里的绰号是'小丑'。她总是故意扮丑角，讨大家的欢心。这是笨小孩的策略嘛，其实我自己在兄弟之中也曾是这样的，所以，我很明白她的感受。"

听了御手洗的翻译，我颇感意外。因为这是我意料之外的事情。

"在宫里，有一名负责照管安娜斯塔西娅的女性，叫修拉。革命之后，她改名亚历山德拉·特戈列娃，住在瑞士。奥利格女大公来圣玛丽亚医院当面认人时，写了信给她，她也跟来了。安娜见到修拉时，马上走过来，在修拉手掌心滴了两三滴古龙香水。这么一来，修拉就将香水抹在安娜斯塔西娅的脸颊和脖子上。这是只有两人之间才有的仪式。因为安娜的这个举动，修拉检查过安娜身体上的种种特征之后，认可她就是安娜斯塔西娅公主。"

"噢噢。"

"不过，就连修拉，乍一看时，也不觉得安娜·安德森是安娜斯塔西娅。她的容貌就有那么大的变化！就跟这位朋友说的那样。"

捷列米用手示意了一下我。

"我听说您掌握了最新的脑科学专门知识。您觉得这样的事情真会有吗？"

这回是捷列米面对御手洗，问他。御手洗也有点煞有介事的模样，这样反问道：

"我听说她头盖骨有多达数处的凹陷骨折，准确的位置是哪里呢?"

捷列米一咧嘴,摊开双手说道:

"不知道。就我所收集的资料而言,没有提及这方面的内容。"

"很遗憾。柏林市的达尔多福精神病院没有向法庭提交当时的诊断病历吗?"

"没有。达尔多福病院的病历已经被销毁了。"

"医院的病历通常五年后就销毁的。"御手洗点点头,说道,"已经是七十年前的事情了。"

"但是,您说的那种病例,现实中是存在的。"

御手洗断言道。

"是的。"

"比如说,在哈佛大学医学院,有一个华伦解剖学博物馆。那里保存着一个叫菲尼阿斯·格治的人的头盖骨。在头骨的颊骨和头顶前部、额头上面一点的地方,开了一个大洞。这是由于从左颊至头顶前部被铁棍打穿的事故造成的。"

"噢?好像听说过的。"

捷列米说道。

"您待过洛杉矶?"

"没有住过,但常去。"

"好莱坞呢?"

"经常跑的。"

"那么,您知道在好莱坞蜡像馆前面,有一个叫

'信不信由你'的奇特物品博物馆吧？"

"噢噢，我当然知道。"

"在那里头，展示着格治的蜡像，表现粗粗的铁棍从脸颊到头部被打穿的状态。"

"那个呀！我见过。"

捷列米喊了起来。

"就是他。一个十九世纪的人，在一八四八年铺设佛蒙特州铁道时发生了事故。硬往岩缝里塞了炸药，上面灌入沙子，用铁棍捅实之后才进行爆破。因为跟前的伙伴发生争执吸引了他的注意力，不小心在灌沙子前就去捅。于是炸药爆炸，铁棍直接打在脸上，从脸颊贯穿到额前。"

"天哪！"

"但是，菲尼阿斯奇迹般地生还了。铁棍穿透破坏了前头叶右侧，但没有损伤脑干和边缘系，这一点被认为是他得以康复的理由。他失去了左眼的视力，为此佩戴着黑色眼罩返回到工作中。但不久他就被解雇了。原因是他的性格完全改变了。"

"是怎样改变了？"

"事故前的他为人沉着冷静、内敛，所以虽然才二十多岁，但颇受信赖。事故后的他却变得像孩子般幼稚，粗暴任性，喜欢说粗言滥语，经常骚扰女性。女性都被警告别进入他手够得着的范围。"

"啊！"

"他完全承担不了需要负责任的工作。可能因为戴了眼罩吧,他容貌大变,据说连他从前的好友,都认不出他就是菲尼阿斯了。"

"果然是人格改变容貌啊。但为何会如此呢?"

捷列米问道。

"因为前头叶的损伤,变成了缺乏情动抑制力的人格。"

"哦……那么,安娜斯塔西娅也是?"

"跟菲尼阿斯的例子挺像的吧。"

"的确很像。"

"安娜斯塔西娅也是因为前头叶或侧头叶受伤而发生人格改变,这一点改变了她的容貌——这样的假定里,存在某种程度的或然性吧。没有她的诊疗记录的话,不可能再往下说了。"

御手洗说道。

"这是那位葡萄牙精神病专家的一个手术,我记得是叫……"

捷列米问道。

"艾格斯·莫里斯的叶切断术。"

御手洗说道。

"没错!跟那个一样的,对吧?"

"前头叶的意思是一样的,但内容上有很大不同。那项手术,是要切断将前头叶产生感情的无意识部分与意识到感情的皮质部分相连的组织。结果,有些患者就从激情之苦中解放出来了。但菲尼阿斯的情况不同,他失去了大半前头叶,只剩下了本能,自我控制的能力几乎全部丧失。有很大不同。"

"噢,原来是这样。安娜斯塔西娅活着的时代,流行这个手术呢。"

"是的。如果她出现更大的暴力倾向,也许会对她施行手术吧。"

"可能吧。另外,我听说在箱根的富士酒店这地方,有一张不可思议的照片?"

捷列米问道。

"是富士屋酒店。"

御手洗纠正道。也许他考虑到要把酒店名字写进书里吧。

"富士屋……酒店?"

"对。"

"抱歉,我们的谈话可以录音吗?"

捷列米举起一只手,问道。

"请吧。"

御手洗说道。于是,捷列米从包里掏出应是日本货的小型录音机,明显有点手忙脚乱地按到录音状态。

"御手洗先生和这位朋友带着那张照片吗?现在可以让我看看吗?再多一分钟我都等不及啦。"

捷列米说道。我回想起自己在魔术室也曾是

这副样子，就打开了带来的公文包，取出照片的复制件。

"噢噢！"

捷列米接过照片，感动地站了起来，将照片侧向光线照来的方向，来回踱步打量着。

"这张照片……有多余的吗？"

他交替俯视着御手洗和我，有些担心地询问道。

"没有，不过您拿去吧。它是您的啦。我们让人再寄一次就行。酒店负责人是我朋友，他那里应该有原件。"

御手洗挥挥手，豪气地说道。

"谢谢！谢谢！两位是我的朋友！"

他嚷嚷着，重新坐下来。

"这是一张不得了的照片，是世纪的大独家新闻！走在这里的女性，毫无疑问就是安娜斯塔西娅。虽然挤在人群中，但那小个子、有点低着头的样子，就是她错不了！我这十几年看过无数她的照片，这张照片是一九……哪一年的？"

"一九一九年。一九一九年的八月三十日。"

"距离亲人被杀一年之后，安娜斯塔西娅只身来到了日本。难以置信。但这是一件多棒的事情啊！"

他兴奋极了，陶醉在其中。

"我可以用这张照片作为下一本书的封面吗？"

御手洗瞥我一眼，然后摊开双手说道：

"没问题吧。"

"谢谢!一定会震惊世界的,你们了解安娜斯塔西娅的……不,罗曼诺夫王朝的灭亡和之后的革命吧?"

他问,我们点头。我的知识虽属临阵磨枪,但大致明白。捷列米说道:

"现在那段历史已经知道得很具体了。因为尼古拉二世的日记和他拍摄的大量家庭照片都留在了莫斯科。从圣彼得堡到托博尔斯克、然后一九一八年七月十七日在叶卡捷琳堡被处死的过程,据此可以准确地知道了。

"之后,一年半后的一九二〇年二月十八日深夜,安娜·安德森独自一人出现在柏林兰特维尔运河,那是一个把人冻僵的寒冬深夜!之后安娜·安德森的踪迹,也知道得很具体了。以柏林的运河为起点,至她在美国的夏洛茨维尔去世,也都有详细的记录。

"然而,从一九一八年的七月十七日至一九二〇年的二月十八日为止她的踪迹,却完全不知道。当然,这是以假定安娜·安德森就是安娜斯塔西娅为前提的。这是一个谜。她这一年半的踪迹完全空白。她究竟身在何方?在干什么?又为何独自一人?

"所谓'谜',不仅意味着不知道,还应该是不可能。在当时的形势下,安娜斯塔西娅是不可能搭乘西伯利亚铁路,从西伯利亚去德国柏林的。

"这一点放在玛丽亚皇太后身上还好说。尼古拉的妹妹奥利格也行。民众不大熟悉两人的长相,而且她们不属于沙皇一家。但是,安娜斯塔西娅可是沙皇的女儿。大家拼了命搜寻沙皇一家,她不可能漏网的。

"当时,沙皇的女儿奥尔加、塔蒂亚娜、玛利亚以及安娜斯塔西娅是欧洲的大明星,肖像画片售出了好几万张。就像是今天的迈克尔·杰克逊啦。她们的模样不但在俄国人尽皆知,整个欧洲都很熟悉。究竟怎么会让安娜斯塔西娅逃离叶卡捷琳堡、现身柏林的呢?不可思议。这是不可能的事情。家人都被杀了,只有她逃脱?实在是一大历史谜团!全国处于革命者控制之下,她却从西伯利亚的叶卡捷琳堡,逃到了柏林避难!

"当然啦,我也尝试问过安娜·安德森。问了好多次。她是怎么逃过秘密处决的?她是怎么来到柏林的?搭乘列车吗?步行吗?或者搭上了货车?

"她为何独自一人?没有同伴吗?可她的回答总是这样:我想不起来了、我不记得了。一直是这样子。

"我看不出她是在撒谎。她是真的不记得了。这错不了的,我跟她接触了很长时间。她不是在演戏。不过,她曾这样说:'我只记得一点:我始终跟一个

151

叫'克拉丘瓦'的军人在一起。'她说自己是他救走的，一直就靠他的帮助。

"于是呢，我翻遍了当时的白俄军人名册，可这名叫克拉丘瓦的人却遍寻不获。这究竟是怎么回事呢！全是谜团！但是，安娜顽固地声称：就是克拉丘瓦！就是他紧握着我的手，牵着我走的！

"社会上一般认为，安娜斯塔西娅到老了也不懂女人的幸福。这已经成了定论。但是，唯有克拉丘瓦对她而言，是一个特殊的存在。我在采访中感觉到了这一点。因为是在她丈夫约翰跟前，所以她不大说到。也许安娜爱上了克拉丘瓦。某个阶段还想结婚吧。挺浪漫的。然而，哪里也找不到克拉丘瓦。我想啊，放弃寻找克拉丘瓦吧，连安娜自己都无从寻找，我更加没有头绪了。

"可是，今天我终于找到解开谜团的钥匙！就是这张照片！我就是为了看这张照片，而成为一名新闻记者的！明白吗？我就是为了今天这一天，而埋头于打字机和电脑的！妻离子散、每周眼巴巴等着法官决定的周六孩子见面日的到来、周五搜寻玩具、周六一早兴冲冲地买雪糕，而现今也要忍受着低收入者的名号。

"这一切，都因为我被这个谜缠住了。我就仿佛跟安娜斯塔西娅的幻影结婚了一样。差不多二十年来，我为追寻这个幻影而活着。所以，我现在有多么高兴，你们一定无法理解吧。钥匙就在日本——解开谜底的钥匙！此刻我是多么激动、多么幸福，你们绝不会明白的！"

捷列米几乎喜极而泣。目睹这情景，我也很感动。因为我太理解孤独一人埋头写作的心情了。我还不像他有那种疯狂热爱的对象，我既羡慕他，也明白他此刻的激动。

"在您大喜过望时，我还是提个醒吧。"御手洗尤其冷静地说道，"事情没有那么简单。这张照片完全不合情理。"

狂吻着照片的捷列米一下子僵住了，他抬起头，对御手洗说道：

"您说什么？这里不是日本？"

"不，是日本。"

御手洗平静地说。

"那就没问题！我以为您要说，这上面是火星的海呢。这是日本哪里的海边？我带着日本地图。"

捷列米向着桌边弯下身子，兴冲冲地在包里找寻。御手洗很过意不去地说：

"差不多也是那个意思吧。挺抱歉的，这也许会在您的诸多谜团上，又加上一个最大等级的谜。这里不是海边，是离太平洋三十千米的群山之中啊。"

"您说什么？"

捷列米像日出似的从桌边露出半个头，眼睛瞪圆。眼神里褪去了笑意。

"没错,当时那里是只有狐狸居住的深山。水上只有小艇,所以连码头都算不上。像这样就是在水面上、用木头搭成一个小小台子而已——它就是一个湖嘛。"

捷列米坐回椅子上。然后,他喊了出来:

"莫非是扛来的么?深山里,怎么会有这样的军舰?"

御手洗滑稽地两手一摊,这样说道:

"我也想知道啊。"

11

喝完了茶,我们三人走出十号馆,为确定捷列米的住处,我们来到横滨车站前。捷列米前往站前的东急酒店办理入住手续、将行李放下,我们在大堂等他。三人会合之后,一起下到地下街市。因为捷列米说肚子很饿,我们就一边散步一边找餐馆。他今天刚刚飞越太平洋抵达,也属情理之中吧。

在地下街市走着,遇上了杂货店。看到一种马毛的刷子,御手洗喜欢,买了下来。他开始热心劝说捷列米,说这样的刺激对发根好。御手洗可能对捷列米头发稀疏挺在意——他时不时会认真地来一番奇怪言论。捷列米听得很认真。

我们闲逛着上了阶梯，来到地面上，御手洗看见了俄国菜的招牌。他提议说，正好一边吃俄国菜一边聊安娜斯塔西娅的话题，我们没有理由反对，就跟着他进了店子。

这家店子极小，只有柜台位子和四张桌子。坦率地说，店内古色旧貌。桌子因长年油污浸染，黑乎乎的，桌子上放的调味料瓶子也好、柜台对面架上摆的瓶子也好，还有墙纸也好，似乎也都沾了油污的黑色。挂在墙上的大蒜、玉米棒，也都黑乎乎的。但是，没有不清洁的感觉。

柜台正中，有一位白衣白帽的老厨师，他正在专心做菜。收银处旁边，有侍者一人，无聊地坐在椅子上。也许离晚饭时间尚早些吧，顾客模样的只有一对男女。我们三人没坐空着的桌子，选了看起来比较干净的柜台位子坐下。

"几位点什么呢？"

老厨师在柜台内问道。

"果酒蒸鲍鱼不错啊。"

墙壁挂着的黑板上用粉笔写着菜名，御手洗边看边说。

"再来一个俄罗斯油炸包子。"

我对俄罗斯菜式一无所知，就要了熟悉的洋白菜卷，以及唯一知道的俄式罗宋汤。捷列米点了俄式薄饼、俄式奶味薄饼，还有俄罗斯油炸包子、罗宋汤。时值夏日将暮,喉干舌燥,所以大家一致把餐前酒定为啤酒。值得高兴的是有生啤。

点完菜,御手洗取出在地下街市买的马毛刷子,开始笃笃地敲打头部。之后又开始梳理头发,说教一番马毛如何刺激发根、对头发好。他看见店主摘下帽子,挠了挠头,就满腔热情地建议人家使用这把马毛刷子。店主照他说的,用马毛部分敲了敲头,梳理着变少了的白发说:

"我觉得有点痛啊。"

店主把刷子还给御手洗。御手洗看看刷子,郑重其事地用手帕包好,收进衣兜里。

用中号杯干了黑啤之后,我们马上返回"俄罗斯革命学习会"。看来捷列米也和御手洗一样,说起感兴趣的话题,就会忘乎一切。如今他置身遥远的异国他乡,却对横滨市容、日本人的生活之类的只字不提。语言既然相通,他就仿佛置身于美国的某处乡镇了。

捷列米说了自己的意见:箱根的这张照片,说明了安娜斯塔西娅和若干俄罗斯白军由日本军队保护着的事实。然后,他谈起了自己看法的理由。

"你们听说过多达六亿五千万卢布的罗曼诺夫金锭,被出兵西伯利亚干涉俄国革命的日本军队侵吞了这样一个传说吗?"

捷列米问道。我不知道,但御手洗点了点头

说道：

"我听俄罗斯人说过。据说田中义一把黄金从西伯利亚带回日本，先存在宇都宫站前的'菊池'运输店的仓库，后来用作田中创建政友会和总裁选举的资金了。说是为它的所有权打过官司。"

"就是这么回事。"捷列米说道，"最终田中佯装不知道。日本政府没有归还。据说在日本，民间把这些金条称为'谢苗诺夫的金锭'。原哥萨克大尉格列戈里·米哈伊诺维奇·谢苗诺夫主张流落到日本的金条属于自己，于是在日本打起了官司，所以有这样的说法。

"但依我看，他主张的所有权很可疑。他只是无奈之下与这些金条发生关系的。可假如那么想，追溯起来的话，除了罗曼诺夫沙皇以外，谁都没有所有权。要是让革命者来说，会说原本就属于人民吧。

"事情的原本，产生于据说买得起整个欧洲的'罗曼诺夫金锭'。俄国革命后，深得尼古拉二世信任的高尔察克提督趁着混乱之际掠夺了金条，打算运往东方。因为西面已经完全被革命者掌控。他们打算确保东方的势力范围，巩固卷土重来的地盘。于是，高尔察克与附近的比托洛夫将军一起，把二十二箱金锭搬上列车，打算经喀山、赤塔出走哈尔滨。

"然而，在逃亡途中，高尔察克提督被革命者抓住处死,比托洛夫将军在装金条的箱子上写上'黄色炸药',将列车伪装成运送干草,运走金条。

"可是,在贝加尔湖东岸,金条差点就被当地的统治者夺走。为此,他们接近驻留当地的日军,请求帮忙保管。他们将金条都交给了日本军人。据说日后日军将这些金条都转移到了日本国内。然后,就像您刚才说的那样:暂时保存在宇都宫这个地方城市的运输店。然而,这个仓库后来发生了原因不明的火灾,据说在日本被称作'宇都宫的怪火'。我听说,宇都宫市民中间传开了,说这仓库藏有金条,军方便放一把火,趁乱运走金条藏到了其他地方。

"比托洛夫将军一九三〇年前往日本,提出收回金条,但遇到军部阻挠而失败。他在失意之中移民美国,住在旧金山郊外的米尔巴莱。比托洛夫的儿子现在仍住在那里。我去采访过他,见了面,他的名字叫塞尔格·比托洛夫。人很好相处的——像你们一样。"

"他们白军掌控着罗曼诺夫的金锭,是尼古拉沙皇的意思吗?"

我问道。御手洗把我的话翻译成英语。捷列米回应道:

"革命前夜的俄国,并不只是沙皇的军队与革命者的军队对垒这么简明,另外也有主张俄国走向民主主义的白军。这就是比托洛夫将军的势力。他们是应从西面进入俄国的捷克军队的要求而建立的军队。所以，当时俄国国内形势非常复杂。可是，这些白军势力从装备和规模上都不足以对抗革命者，但这些白军在战斗中还是幸运地占领了卡佩尔。

"卡佩尔这座城市，人称罗曼诺夫家的金库啊。所以，白军就拿到了价值六亿五千万卢布的大量金锭。他们打算用这些金锭从英国、法国、日本购买武器，与革命者拼到底。然而很遗憾，革命者手上有兵工厂和大量士兵，有持续战斗的能力。比托洛夫们的白军被穷追，带着部分金锭一直向东逃窜。高尔察克提督被革命者抓住处死，剩下的白军落荒而逃，遇上了控制着西伯利亚铁路东部沿线的日本军队。

"日本方面对此一概否定，但真相完全不明。比托洛夫将军一方说，他们与日军接触，寄放了金锭，进入其保护之下。有存放金条的证明。"

"也就是说他们成了俘虏对吗？"

我问道。捷列米回答道：

"比托洛夫方面并不这样认为。但是，日方是这样认为的吧。这个差异后来就成了麻烦。日方认为是接收，而比托洛夫方面认为只是寄放而已。比托洛夫的家人至今这样认为。塞尔格说，记得小时候爸爸给他看过那张寄放证明。据说是在一张竖十五厘米、横二十五厘米左右的纸上，主要是用俄文写着的：俄方若有要求，立即归还。有日文的签名并盖了日本的印章。

"总而言之,刚才两位让我看了这张不可思议的照片,我感觉仿佛抓住了谜团的头绪。安娜斯塔西娅如果得以逃过屠杀,其后逃离俄国令人绝望的冻土的方法,就唯有与此时的金锭走同一线路。即进入当时势力延伸至贝加尔湖东岸的日本军队的庇护之下,别无他法。你们不觉得吗?"

店主给我和捷列米上了罗宋汤。捷列米说了"Thank you(谢谢)"。"不客气。"店主用日语回应道。也许是老得连上眼皮都耷拉着吧,他的外貌像个外国人。

"严格来说,罗宋汤不算俄罗斯菜式,是尤克莱恩的吃法。"

御手洗说道。"嗯嗯,是啊。"捷列米应道。

"什么是'尤克莱恩'?"

我问道。

"就是乌克兰啊。"

御手洗说道。

"乌克兰跟俄罗斯是……?"

"关系不好嘛。"

回应了我之后,御手洗继续对捷列米说话:

"比托洛夫将军跟日本军交涉寄放金锭,是哪一年左右?"

"据说是一九二〇年的秋天前后。"

"那就是安娜斯塔西娅出现在日本的一年后了。那时她已经在西伯利亚了。"

捷列米点点头,说道:

"没错。但是,这个时期其实不清晰。既是经过了两代人的传闻,寄存证明也丢失了。况且日本方面也一口否认。也许是一年前的错误呢。这一事件迷雾重重。白军为何不在逃窜途中埋藏金锭呢?机会有的是啊。为何轻而易举就交给了日本军队呢?在这样的形势下交给日本军队,不可能归还的吧?俘虏们战战兢兢交出来的金锭,世界上有哪支军队十年后会归还?"

御手洗默默地点头。

"这次,我从利奥那那里听说了这个异想天开的有趣事情后,就在飞越太平洋来这里的飞机上,构思了这样的假设。不、不对,我明白事态了——历史舞台的内幕!首先,日本军队为什么要保护安娜斯塔西娅?阿洁,你认为是什么原因?"

捷列米问道。

"是跟伪满洲国同样原理吧?"

御手洗立即回应道,捷列米深深点头。

"您也想过这个问题?"

"我在叶卡捷琳堡啊,在美苏科学家之间斡旋,尝够了国际政治的愚蠢。"

御手洗说道。

"我也是这么想。安娜斯塔西娅跟那位溥仪一样,不过是枚棋子。日本有个北方问题。从江户时代起,就在千岛桦太①问题上,跟俄罗斯是宿敌,对吧?北方问题是资源问题,日本希望在西伯利亚或者中国东北,或者两地都建立亲日傀儡国家。日本已经割取俄罗斯领土东部的一部分。为此有了正当理由。继承罗曼诺夫家血脉的安娜斯塔西娅,正是日本军队有利用价值的人物啊。"

御手洗点头,然后说:

"安娜斯塔西娅,以及她肚子里的儿子。"

捷列米瞪圆了双眼:

"哇!你连这个都知道——从哪儿听说的?"

御手洗嘿嘿笑,然后说:

"推理嘛。"

捷列米嗤之以鼻:

"扯!这种事情凭推理怎么可能知道!你一定是从俄罗斯人那里听到的吧?"

"革命后的俄罗斯人会知道这种事情么?"

"这件事情,我是从安娜·安德森本人那听说的。她怀上了儿子。"

"那是谁的孩子?"

我问道。

---

① 千岛,即千岛群岛;桦太,即萨哈林岛(库页岛),千岛群岛南半部的日语称呼。

"安娜说父亲是克拉丘瓦。"

"那孩子现在呢?"

"下落不明,完全不知道。"

捷列米说道。

"继承罗曼诺夫家血脉的人不知下落?这个人可是有皇位继承权的啊!"

我吃惊地说。

"确实如此。安娜斯塔西娅没有继承权,但她儿子有。生逢其时的话,这孩子就是阿列克谢之后的俄国沙皇啦。"

"对了,阿列克谢怎样了?按照御手洗先生的说法,在叶卡捷琳堡出现的遗骨中,不单没有安娜斯塔西娅的,也没有阿列克谢的。"

我问道。捷列米回答了我:

"应该是那样的吧。但是,阿列克谢总之是活不长了吧。即便他免于被处死。在行刑前的一九一八年前后,他已经枯瘦如柴,濒临死亡。这是尼古拉二世的日记里写的。"

"您是说,只有安娜斯塔西娅幸存、阿列克谢死了?"

我这么一说,捷列米点头:

"安娜斯塔西娅这个词里头,就有再生的意思。她是不死鸟啊。"

"那么,克拉丘瓦呢?"

我又问道。这么一来。捷列米摊开了双手：

"那是历史的盲点。他消失在那深谷之中了。那是欧洲巨变的一个时期，已经无从寻找。"

我只能点头。捷列米继续说下去：

"总之，如果将安娜斯塔西娅推到前面，以武力为依托，日本在俄罗斯东部的领土上建立一个傀儡国家，也有充分的正当性可以兜售。日本政府可以说，出于对其家庭悲剧的同情，日军代替沙皇军队，支持其正当的统治权。这个公告对世界应该有很大的说服力。尤其是对英国和德国那些跟安娜斯塔西娅有血缘关系的王室而言。"

我心想，那倒也是。

"我觉得，比托洛夫将军是把罗曼诺夫的金锭，作为安娜斯塔西娅的建国资金交给日军的吧。"

御手洗默然。

"至少，比托洛夫跟白军是这么盘算的。他们并非一定要打倒沙皇。他们认为可以跟英国一样，实行君主立宪的民主制度。所以，他们救出了安娜斯塔西娅并保护了她。"

御手洗接着往下说：

"策划这种国家机密的舞台，在箱根就有一个很合适的酒店。那就是富士屋。这家酒店原先就跟日本政府要人有直接关系，所以强调接待国宾、以国家利益为先的经营方针。大正当时的管理班子还留有这样的风气。于是，日本军部就将安娜斯塔西娅安排在箱根……非常有魅力的想象啊，令人神往嘛！"

御手洗煞有介事地说着，捷列米点头。

"然而，安娜斯塔西娅的国家没能建立起来。所以，比托洛夫要求还钱。哎，干吗不认同？阿洁，接受了吧。"

御手洗点点头，这样说道：

"同样的事情，'二战'中的希特勒也想过。"

捷列米"嗯、嗯"连声回应道。

"第二次世界大战中，希特勒策划进攻苏联，在征服这个国家之后，将其作为德国的傀儡国家。当时他想扶持安娜斯塔西娅当傀儡女王吧。"

"这是有可能的。"

捷列米马上表示赞同。

"像这样，安娜斯塔西娅对于各国首脑，尤其是打算进攻俄罗斯的军事力量而言，的确存在利用价值。他们希望安娜斯塔西娅活着，而革命者希望她死。然而，希望她活着加以利用的两个国家，一个改变了计划，一个战败投降。所以，她就哪边都没靠上，没个下文就死了。真是个命途多舛的女人！"

御手洗这么一说，捷列米也应和道"确实"。

御手洗转向捷列米的方向，说道：

"那么，克拉维尔先生。"

这么一来,捷列米脸上流露出明显的不悦的表情。

"哎哎,阿洁,为什么不叫我'捷列米'?"

"捷列米,接下来你打算怎么办?"

"这个嘛,今晚住刚才那家酒店,明天……是叫箱根吧?我打算寻访那里,在俄罗斯军舰来的湖边走走。这次我一定要写出杰作来,好歹是追踪了二十年谜团的集大成之作啊。也让抛弃我的老婆好好见识一下。"

"恕我不敢苟同。"

御手洗明确地说。

"为什么?"

"假如你想回敬她,有更好的办法。"

"哦?"

捷列米难以置信地看着御手洗。

"芦之湖是个没劲的湖啦。在那种地方漫步一年,您太太也不会服您的。要提高大作的完成度,有好得多的方法啊。"

"我该怎么办呢?"

"彻底揭秘呀!"

捷列米听了,嘿嘿笑起来。

"可是,说不准得花点时间呢,事情有点错综复杂。"

御手洗有点为难地说。捷列米大声说道:

"当然要花时间啊!我花了二十年,还在大门口周围徘徊呢！阿洁，您真是个令人开心的家伙！为什么？！全世界像我们这样的安娜斯塔西娅追踪者有好几打，而历史学家更是十倍于此，还有德国法庭的数十名法官，七十年来没人啃得动的谜，您说解开它？安娜斯塔西娅是如何逃过屠杀幸存的？她是如何来到日本的？她为何出现在柏林？顺带着解开安娜·安德森是否是真公主之谜？"

"请别忘了幽灵军舰之谜。"

御手洗说道，捷列米又嘿嘿笑了。他笑得太厉害，说不出话来了。

"对了，还有安娜斯塔西娅的儿子之谜呢。"

御手洗想了起来，加插一句。

"也得把他找出来。"

"还有克拉丘瓦呢。做到了这些事，您就是神仙啦。我的书就敬献给您吧！"

捷列米边笑边说。

"您敬献给安娜斯塔西娅就足够啦。给我们寄两本您的签名本，也足够了。"

"这太容易了，我寄一打给你们吧。"

"两本就行了。"

"不，一本就够了，我读不懂英文。"

我说道。

"噢噢，那您送人好了。阿洁，您说花些时间，到底要花多少？十年吗？二十年？"

御手洗越发不掩饰为难的表情了。

"为难的是,也许得花一个小时或者两个小时呢。"

捷列米目瞪口呆。然后,他爆发似的狂笑起来,差一点摔下凳子。他说不成话,好不容易才对着我说:

"您的朋友,真喜欢开玩笑啊!"

果酒蒸鲍鱼和俄罗斯油炸包子摆在我们面前,御手洗把碟子往自己方向拉的同时对店主说道:

"老板,有劳您跟我们说一两个小时好吗?"

因为说的是日语,捷列米听不懂。

"喂,御手洗……"

我心中忐忑地问道,心想他又要把玩笑开大了么?但是,他的表情却很严肃。

老厨师也是那样的表情,头低着,没有任何反应。御手洗转而对着捷列米,用英语这样说道:

"捷列米,让我介绍一下安娜斯塔西娅的公子吧。这位是仓持寝无里先生,罗曼诺夫血脉最正统的继承人。"

顿时,捷列米停住了笑,双目圆睁,终于从凳子上摔了下来。

12

"嗯,这个果酒蒸鲍鱼味道很棒。"

御手洗说道。

捷列米爬上凳子，屏住气息，盯着店主的脸。他也在寻思：这是随口开的玩笑，还是真的？

我也看着店主的表情。对于这种手法，我比捷列米了解，但受到惊吓的程度是同样的，完全不知道发生了什么事。而且事出突然，猝不及防。所以，想跟上事情的发展，只有盯着老人的表情看了。

印象中的老人来历并不对，他不是日本人。看仔细了就明白。但因为是在日本出生长大，又说日语，他的外貌和给予人的印象，完全像是日本人。然而仔细看，他是纯粹的白人。这样子再看的话，就感觉他身上似乎有一种说不清的、高贵的气质。

我又看看御手洗的脸。他也盯着店主。我转而拿过放在柜台上的、店里的火柴盒，上面写着店名"MANOSU"。

好不容易我的脑筋才多少赶上了御手洗的思考。我隐约想起了，利奥那收到的影迷的信上，有一段的意思说：我的父亲，在横滨的西口经营着一家叫"MANOSU"的小小西餐馆。虽然父亲六十四岁了，但还精神饱满地开店。那封信写于十年前——准确而言是九年前吧？我跟前的这名男性，也就是六十四岁加上九岁左右的年龄。那么，御手洗早就知道了，所以带我们来这里的？走进这家店并非偶然。

原来是这样。我联想起信上说的种种事情,把细节处一一加以对照。写信人仓持百合说,自己跟利奥那的境遇相似。我曾想,为何说"相似"呢?假如寝无里是安娜斯塔西娅的儿子,百合的父亲寝无里就是俄罗斯人了。这么一来,百合就是跟白人的混血儿,说的就是跟与苏格兰人的混血儿利奥那"相似"!

而这家店,是经营俄罗斯菜——安娜斯塔西娅所在国家的菜式。所有一切细节都吻合。可是,他怎么会是安娜斯塔西娅的儿子呢?为什么会知道?推理的素材在哪里?

"您是……御手洗先生对吧?"

店主终于开口了。

"前几天您来过电话,所以进店时,我就知道是您了。"

他说道。

"是吗?"御手洗点点头,接着说道,"寝无里先生,这位是捷列米·克拉维尔先生,从美国来的。他曾跟您住在夏洛茨维尔的母亲有一段时间很熟悉。想知道母亲的情况的话,您可以向他……"

"我不想知道!"

店主干脆地说。

"抛弃我的那女人的事情,我不想听。"

御手洗压低声音,小心翼翼地将这句话翻译给捷列米听。捷列米又瞪大了眼睛。

"这个人把我生下来,说声'不想看见我',就抛弃了我。之后就没有任何联系。一封信都没来过,更没有寄过生活费。咱活得可不轻松啊,从学生时代起就一直这么打工过来的。那种人配当母亲吗?"

御手洗忙于翻译,我便点头表示应和。

"我只想安安静静待着而已。什么罗曼诺夫王朝、什么俄国沙皇的血脉,与我何干?我一点儿兴趣也没有。跟我毫无关系。我就是你们看到的、区区一家小餐馆的老爷子,是住在横滨的日本人,仓持寝无里。我希望就这样过一辈子。听起来像装的吗?可我除此之外没话说了。"

"不不,您绝对不是装的。"

御手洗说道:"只不过,听起来有一点点胆小。"

"您说我胆小?"

"对呀。假如您无所谓,就把您知道的情况,跟我们大家说说,怎么样?"

仓持寝无里听了,嗤之以鼻。

"如果您说了,就会推进历史研究。虽然历史不完全是由真实构建的,但胡说八道的量就会因此减少了啊。麻烦您协助我们一下吧。"

仓持寝无里把头扭向一边。

"我能知道什么?刚才听你们说话,我完全不懂。什么俄国革命啊、罗曼诺夫王朝啊,你们了解得更多，我完全不懂。说横滨的话我很清楚，俄国我一窍不通。不好意思，吃好了请回吧。"

寝无里说道。捷列米说话了，御手洗将之译成日语。

"他问您：住在弗吉尼亚的安娜·安德森·马纳汉是安娜斯塔西娅吗？您觉得呢？"

"我怎么会知道嘛！"

仓持粗声粗气地说道。我也预想到这样的回答。

"那个安娜什么的，她是谁呀？我怎么会知道？为什么来问我？我一点兴趣也没有。没见过，也没想过，头一次听说这个名字！我是日本人，作为日本人的我不可能知道。"

"据说松崎利奥那来过这家店。"

御手洗说道。

"噢，很久以前了。那有什么关系吗？"

"您知道百合小姐给利奥那写信的事吗？信在这儿。"

御手洗从衣兜里取出事先带上的仓持百合的信。御手洗从信封里取出信纸，打开，递给寝无里。

那一瞬间，我又注意到一件事情。百合的祖父说是利奥那的影迷，而将利奥那称为"苏格兰公主"，御手洗就是由此猜出来的。想来，百合才是罗曼诺夫王朝的公主吧？假如眼前这位老厨师是安娜斯塔西娅的儿子，那他女儿百合也就继承了罗曼诺夫的血脉。联想到自己孙女的境遇，仓持平八才将利奥那称为"苏格兰公主"的吧。

仓持寝无里读女儿写的信期间，御手洗独自默默吃下果酒蒸鲍鱼和俄罗斯油炸包子。然后，示意发呆的我们也吃东西。

寝无里读信期间，表情没有任何变化。御手洗觉得，他读了去世了的女儿写的信，一定会被打动的。我也猜想，已逝的女儿九年前的信，自己在九年后的此刻才看到，他一定会伤感吧。但是，御手洗这一招失败了。寝无里毫无表情地归还了信。他的神经已坚硬如铁。

御手洗也没说一句话，将信装回信封里。然后，他把信封放在柜台上寝无里的面前。

"怎么了？"

"送给您了。"

"我不需要。"

寝无里马上说道。

"女儿写的东西，家里还有。"

他的说法尤其固执。

"可是，这封信很特别啊。"

御手洗说道。

"什么特别？哪里特别？若说百合有文采，写文章让父母动情，其他多的是。写远足的作文、写老爸的作文都是。"

御手洗点了点头，说道：

"不是这方面，是对平八先生啊。上面清清楚楚地记载了平八先生临终时的遗愿。这是很宝贵的呀！其他不会有了吧。平八先生养育了没有血缘关系的您，一直独身，对吧？为什么呢？"

然而，寝无里一副冷笑的表情。

"您想让我说什么呢？"

御手洗咬一口俄罗斯油炸包子，把手抬至脸前。

"寝无里先生，请别误会。我也跟您一样，最讨厌耍催泪的招。我只是想谈谈平八先生的遗愿。平八先生希望身在弗吉尼亚州、被世间取笑的安娜·安德森·马纳汉就是安娜斯塔西娅一事公之于众，使她不再蒙受不公正的迫害。还有，就是为自己从前不得已做了对不起她的某些事情道歉，对吧？您同意这一点吧？"

但是，寝无里的表情依旧没有任何变化。我从中推测，他曾在日本过着特殊的生活。

"但是，平八先生带着遗憾去世了。帮他忙的您的女儿，也不幸遇上交通事故去世了。就连安娜女士也去世了。知道历史秘密的人，只剩下您了。假如您就此把秘密带进棺材，安娜·安德森就永远是个疯婆子了。"

"那又如何？不是挺好么？有什么问题？什么罗曼诺夫王朝之类的，不也灭亡了吗？事到如今再翻出来，又有何用？什么皇室，一派胡言；革命？挺好的嘛。您说她被嘲笑？这是那个抛弃我的女人的报应嘛。我很不伟大，爱说这种话，可这算是上帝的安排吧，收支平衡。"

寝无里说道。

"我并不是这个意思，我现在一点也不在乎历史的真实性。我指的是平八先生。对令尊大人的遗愿，您打算置之不理吗？"

御手洗说道。寝无里瞪了御手洗一眼，然后说：

"父亲照料了我，我希望尽可能回报他，但不包括安娜·安德森在内。那不是我的职责。那种女人，我迄今没有一回把她当过母亲。今后也不会，连想都不愿意想。"

于是，寝无里在柜台内侧的椅子上缓缓坐下，好一会儿侧脸对着我们。高鼻梁、瘦脸颊，我越发强烈地感觉他不是日本人。

这时，不可思议地，我思考起日语的威力来了。日语这种语言肯定具有特殊的力量吧。这名纯粹的俄国人，只因他日语流畅，我就认为他是日本人了。这里头不仅仅是氛围，他的眼神、长相、神态，就连驼背的模样，也完全成了日本人。进一步说，形成了极不引人注目的印象。这是日语和日本的人情世故造成的吗？假如他作为俄国皇室的中心人物受着英才教育，会形成相应的言谈举止吧？应该是的。

"我为什么出生在这个世界？为什么来到了这里？我在这个国家经历战争倒过什么霉？我不想对别人说，说了也没人理解。不过，这个国家教会了我一个人活下去的方法。从小时候起，天天在路上被人扔石头，被人孤立，数十年的人生经历，我形成了自己的人生观。"

寝无里说道。但是，御手洗说起了不相干的事情：

"这个俄罗斯油炸包子很好吃！果酒蒸鲍鱼也很美味呀，寝无里先生。我去过莫斯科，可能是去的店不行吧，没觉得多好吃。我打开菜单，说要这个要那个，但回答是这个没有、那个卖完了，结果什么都没有，有的就是鲍鱼了。可还是这里做得好吃。俄罗斯油炸包子怎么样，石冈？"

御手洗说着，在柜台底下猛踢了我一脚。

"好吃！味道好极了。"

我急忙说道，担心腿骨出了问题。

"您跟谁学做菜的呀？"

"算了吧。"

寝无里摇摇头。

"您无法忘记自己是俄国人的事实，因此没开日本菜的餐厅。"

"只是大家都说，我这张脸，做俄国菜顾客会多一点。不过您瞧，也没啥生意。晚年得靠女儿了吧，她又死掉了。很不堪的人生啊。"

"令尊大人为俄国人贡献了一生，他对您怎么说的呢？"

御手洗问道。

"对什么事？"

"关于安娜斯塔西娅的事件。"

"我忘了。"

寝无里冷淡地说。

"那您作为安娜斯塔西娅的儿子，要说的话……"

"免了。我不是那种人的儿子。"

御手洗默然，点了几下头，似乎遇上了劲敌。

"那您没有什么想要说的？"

"没有。"

寝无里说道，也不正眼看御手洗。

"您说从小就被人扔石头，这件事影响了你的人生观？"

"嗯，那又如何？"

"您哭着回家了？"

"当然了，孩子嘛。那又如何？"

"平八先生是怎么处理的呢？"

寝无里听了，把脸缓缓转向这边，默默地盯着御手洗。片刻沉默之后，他说道：

"您想说什么？"

"这时候的父亲不会开心的吧？跟现在的您比起

来,谁更难过呢?究竟是什么东西支撑着平八先生呢?在儿子哭着回家的那一刻。"

说着,御手洗站了起来。他拿过手边的火柴盒打量着,说道:

"这火柴盒上写着餐厅营业到十点钟……我们在东急酒店的地下酒吧等您到零点为止。如果您想跟我们说点什么,请移步过来吧。"

但是,寝无里默然。

13

"我从来没见过这么厉害的魔术!"

一出"MANOSU",捷列米就喊了起来。

"您究竟是魔术师还是巫婆?您一拍掌,安娜斯塔西娅的儿子就从花瓶里蹦出来了!"

"哈哈,偶尔还灵。"

"或者是您雇的托?为了捉弄我?"

"是真的。就是真正的沙皇陛下。"

御手洗说道,但他的声音里没有兴奋,似乎在沉思。有某种事情没在他的预料之中。日已近暮,海上吹来凉爽的风。御手洗走在岸边,风吹拂着发梢,他说道:

"可是,沙皇陛下太沉默寡言啦。照这样子,即便找到了,也没有多少进展啊。"

但是，捷列米飘飘然，欢天喜地。见到了安娜斯塔西娅的儿子，实现了他的梦想。

"只要认识了您，我就总能这么轻而易举地见到世纪名人吗？"

捷列米边说边回头遥望"MANOSU"。那是一间极不起眼的小餐厅。

"他真是安娜斯塔西娅的儿子么？"

"是真的。"

御手洗说道。

捷列米深深地点头："噢，对啊！应该是吧！"

"他就是欧洲最有钱的人跟眼看就要饿死的贫民代表生下的孩子啊。这种人能否被称为'沙皇陛下'是个疑问，但那是俄国自己的事啦。而这孩子在横滨长大，一边诅咒自己的命运，一边经营一家面向日本人的、小小的俄国餐厅。要是普希金的话，会写出什么诗呢？"

御手洗说道。

"这地方叫什么？"

捷列米问道。

"地名吗？横滨站前的……西区南幸吧，石冈？"

"对，应该是。"

我说道。

"阿洁，我再问一次，他真的是安娜斯塔西娅的儿子吗？"

捷列米再次问道。

"当然是。"

御手洗又回应道。

"您保证吗?"

"保证。"

"是您说的啊,我相信啦。对了对了,确实有一首诗呢。这是一个美丽的城市,不下于列宁格勒。好好记住吧,西区南幸!日本的城市风景也是:建筑物、河流,以及绿道。哪边是大海?有微微的潮水气味。这是我漫长旅途的终点站的芬芳啊。"

捷列米不胜感慨地说。

"多么棒的事情!我仿佛还在床上做梦,梦见我还没上飞机,还在洛杉矶的某个廉价旅馆。今天一天感觉仿佛一年!我是世界上极少数幸运的记者,我不但见过安娜斯塔西娅,还见了她的儿子!"

"不是极少数,您是唯一,捷列米。"

御手洗订正道。

"对对,肯定是!我找遍了俄罗斯,什么也没有发现。只有大雪、严寒而已。在美国,还有日本,会有答案吗?但是……"

说到这里,他神色黯然。

"就他那样子,要说服世界上的人认为他是安娜斯塔西娅的儿子,应该很困难吧。接下来他过来酒店的可能性,就跟人类和外星人握手的概率差不多……嘿,那是什么?"

御手洗将一条手帕递到捷列米鼻尖前。准确地说,是将手帕包的东西递过来。

"这是……?"

"物证啊。它证明仓持寝无里是罗曼诺夫家也是英国王室的血脉。哎,别打开,就这样连手帕一起放进您衣兜里。"

那是刚才御手洗在地下街市买的马毛刷子。

"头发会被风吹掉的,那么一来,您就是美国头号诈骗犯啦。稍后装进塑料袋里就行。这是带发根的、安娜斯塔西娅儿子的头发。可能也有我的,不过没关系,马上就能区分开来。白色的是罗曼诺夫家族的后人的,我的是黑色的。"

"喔!"

捷列米小心翼翼地把刷子收在衣服兜里,就势在绿道的铺路石跪下。然后,做了一个亲吻御手洗鞋子的动作。

"您哪,是一个多么厉害的家伙啊!阿洁,我一辈子都忘不了您的名字、您的神奇!我第一次见到您这样的人。等安娜斯塔西娅的工作一结束,接下来就让我把您介绍到美国吧!当然这位朋友也一起。"

"玩笑适可而止吧,捷列米!您弄错对象啦,我又不是罗曼诺夫王朝的皇太子。"

"您更加伟大!"

"哥伦比亚大学有很棒的细胞生物学专家,我可以介绍给您。加利福尼亚工科大学也有专家,利奥那应该也有熟人吧。"

"是分析发根的 DNA 吗?"

"是的,去您的酒店坐下来谈吧,话还没全部说完呢。"

御手洗说着,迈开了步子。

捷列米说要回房间去,将带有宝贵发根的马毛刷子收在塑料袋里保管好,我们也就跟着去了。现在去酒吧等人还为时过早。

他从衣兜里轻轻取出手帕,装入带拉链的塑料袋,仿佛在保管罗曼诺夫王朝的皇冠似的。我们坐在窗边的沙发上看着。我站起来,走过去拉开窗帘,发现房间的景观很不错,横滨站前的夜景和标志性的塔,连远处海上灯塔的灯光,在高楼林立的街上都隐约看得到。

"请解谜吧,著名侦探!可以录音吗?"

捷列米走过来在沙发上坐下,打开了卡式录音机。

"从何说起?"

御手洗问捷列米。我打算保持沉默。

"您怎么知道他是安娜斯塔西娅的儿子?"

"这很简单。给利奥那写信的仓持百合,从字面可以读出，她可能是混血的。那么，她父母中的一人，就不是日本人。她双亲也可能都不是日本人。而仓持平八先生据说一辈子独身。假如寝无里先生的父母不是日本人，那么，不是平八先生的情人是外国人、一生下孩子就分了手，就是平八先生领养了外国人的孩子。"

"明白了，但仅此并不能说平八是与安娜斯塔西娅关系很深的人。"

捷列米说道。

"的确是这样的，仅此算不了什么。但是，许多事实都说明两人关系特殊。例子多得很：平八先生知道夏洛茨维尔的安娜·安德森·马纳汉的存在，这显示他一直关注安娜的动向；平八先生说了要向她谢罪，那是说柏林的事情，安娜·安德森现身于第一次世界大战后的世界，是一九二〇年的柏林；平八先生知道箱根出现幽灵军舰的事件，可以认为是他自己把拍摄的军舰照片送去富士屋的，也就是说，可以认为是他保留着这张不可思议的照片；还有，可以说安娜斯塔西娅是搭乘幽灵军舰来日本的，又在富士屋诞下了儿子……"

"什么？在富士屋生的？"

我插了一句。

"对呀。"

"您是怎么知道的？"

"这个嘛……捷列米,请把那张幽灵军舰的照片拿出来看看。"

捷列米递上照片,御手洗用手指着正在走路的小个子女性。

"她被左右两边的男人身体遮挡了,不容易看清,但看这一部分的话,可以知道她肚子挺大的。"

御手洗指着她的腹部。但是,这部分仍然看不清。

"医生被请到富士屋。但就这张照片所见,军人里头并没有需要请医生的重伤员。因此,医生来是因为她生孩子。"

我点头赞同,但还是不能释然。

"还有其他的理由。安娜斯塔西娅的孩子在日本出生比较有利。对谁有利?对日本军部。这么一来,这孩子获得了日本籍。虽然日本不实行国籍出生地原则,但这种时候可作为例外。这样的话,安娜或者她的儿子,作为国王建立西伯利亚傀儡国家的时候,日本政府出手援助就很必然了。"

"噢……"

"应该说,容易建立一个必然性的故事。所以,日本军队无论如何要在孩子出生之前,把安娜斯塔西娅带回日本。这种勉强,我觉得,就变成了幽灵军舰。"

"所谓'幽灵军舰'究竟是什么?"

捷列米问道。

"事到如今,它就是一个花大钱的项目的名字吧。但是,不存在资金问题,因为有罗曼诺夫的金锭。这个问题后面再说。所以,我感觉此时的安娜斯塔西娅已近临盆。阵痛也开始了吧。所以,她才会这样子,左右有军人搀扶着,慢慢走。情况紧急的话,会让人抱着吧。"

"她生下来的,就是寝无里吗?"

捷列米问道。

"是的,捷列米。生下来的就是寝无里。而这件事情是被当作国家机密的。如果日本收容安娜斯塔西娅母子的事传出去,甚至会有暗杀的危险。因为对于俄国民众来说,这对母子会变成失去西伯利亚的理由。"

"因此刚才餐厅里的老爷子,没有当成国王?"

捷列米问道。

"就是那么回事。"

御手洗苦笑着说。

"日本原先就对西伯利亚有野心。最初出兵西伯利亚是受欧美国家的邀请,但事态稳定下来后,各国都撤走了,但日本仍驻军,野心暴露。所以,移送安娜斯塔西娅的行动就必须绝对保密。"

"有道理。那么,您认为他就是安娜斯塔西娅的儿子?"

捷列米问道。

"不是的,仅此还不能确信。具有决定性的是他的名字。捷列米,所谓ANESTHESIA,是什么东西?"

"ANESTHESIA?麻醉吗?"

"对,手术时的麻醉——ANESTHESIA和'安娜斯塔西娅'发音极相似,但拼写不同。一九一九年,麻醉药已开始普遍用于医院。会外语的平八先生由两者发音相似加以联想,给她儿子取名'寝无里'。寝无里读作'NEMURI',在日语是'睡眠'的意思。"

"是吗?"

"对。于是我终于确信寝无里先生就是安娜斯塔西娅的儿子。"

"原来如此。"

"从这里可以知道,寝无里出生时,平八先生已经负责养育安娜斯塔西娅的孩子了。都由他决定取名字了嘛。也许对安娜斯塔西娅而言,平八先生是一个特殊的存在。"

"那么,'克拉丘瓦'是怎么回事?"

捷列米问道。

"就是平八先生嘛。"

御手洗若无其事地说道。捷列米和我都吃了一惊。

"怎么可能?！那他为什么成了'克拉丘瓦'呢?"

"是仓持——KURAMOCHI，即克拉莫赤呀！脑子有障碍的安娜斯塔西娅跟平八先生分手之后，要回想他的名字却怎么也想不起来，结果变成了熟悉的俄罗斯人名了。"

"是这样啊。"

我们叹服。谜一样的人物"克拉丘瓦"，就透过历史的缝隙向我们展现了身姿。

"从这些事情来看，我确信寝无里先生就是安娜斯塔西娅的孩子。而假如想见他的话，我知道去西口的'MANOSU'就行了。"

"原来如此。但是，他们两个人为什么分手了呢?"捷列米问道，"安娜斯塔西娅跟仓持。"

"那我就不知道了。靠推理的话，不可能连这些都能搞清楚。既然安娜斯塔西娅和平八先生都已经去世了，假如平八先生没跟寝无里先生提及，就没办法知道真相了。不过，关于去德国的理由，我倒可以推测一下：那就是幽灵军舰啦。"

"对了，幽灵军舰！它究竟是什么?"

捷列米问道。我也探出了身子。

"捷列米，借你的电脑用用。"

御手洗提出要求，捷列米站起来，从旅行箱取出笔记本电脑。他插上电源，连接电话线，接上鼠标。

"什么牌子？哦，是 THINKPAD，IBM 旗下的啊，美国产品，那就行。"

御手洗启动电脑。我屏息静观他的举动。出现画面。御手洗敲打键盘。首先是大段英语的画面出现。

"幽灵军舰呢，是一名德国天才少年的作品。他的名字是克劳德·德尔尼耶。日本人对他一无所知。他在美国也默默无闻。但在德国……"

御手洗以我几乎看不清楚的速度敲打键盘。我是第一次看他敲键盘，不禁吃了一惊。

"他在爱好者中很有名。"

御手洗说着，手指着液晶画面。画面上有一个异样的物体悬浮着。

"嘿，这是什么？"

捷列米也问道。屏幕上是一艘巨大的船。但那船上方顶着十字架模样的、同样巨大的飞翼。

"GIANTS FLYING BOAT？"

捷列米将英文原样读出来。

"……DoX？"

"对，捷列米，是 DoX，这是世界上第一艘巨型飞艇。"

我和捷列米都盯着御手洗的脸。

"在大正时代，就已经有这样的东西了？"

我问道。御手洗点头，说道：

"一定还有从侧面看的图片。"

御手洗拿鼠标不知点击了哪里，画面变换几次之后，我"啊"地喊了一声。屏幕上出现了跟在富士屋所见照片几乎一样的军舰。

"世界上第一艘飞艇，其实就是在船上安装了飞翼。"

御手洗用食指点着画面，读出小小的德语。但是，因为捷列米表示不满，他马上切换成英语。也就是说，他翻译成英语读出来。之后，他又再为我译成日语，我觉得他真是不得了。

"克劳德·德尔尼耶教授开了一家德尔尼耶公司，一九一六年着手设计这艘飞艇和制作模型，并于一九一八年春完成一号机。但是，机体下落不明。之后他又花了十一年，于一九二九年完成了DoX。

"在船形的艇体上，承载着高翼式巨型布主翼，其上搭载六个吊舱；在吊舱前后各装有一个四枚螺旋桨推进器；共计十二个螺旋桨推进器，由十二台液冷发动机驱动……"

"十二个螺旋桨推进器？发疯的做法啊！"

捷列米说道。

"跟在阿尔贝马尔湾的吉提霍克、用带发动机的奇特机械玩空中飞行的兄弟一样，都属于疯狂的举动啦。艇体分为三层，在一九二九年七月二十五日的首飞时，搭载了一百六十九人，成功地飞行了约一个小时。一九三一年举办展览，九个月间成功绕世界飞行了一周。

"飞艇宣称有豪华船室，可以正式搭载七十人定期飞行，但存在实用上的诸多问题，加上天文数字般的昂贵价格，使得国营德国航空公司没有任何订货，仅仅向意大利出口了两艘而已，生意上以失败告终。柏林的航空博物馆展示了一艘，但在第二次世界大战的战火中失踪了。"

"哇！"捷列米发出惊愕的喊声，"简直就是超级空中堡垒，是 B-29 轰炸机啊。是我今早搭乘的大型喷气式客机！"

"差不多，但那只有两层地板。这里有大小、性能的数据。全长四十点零五米，全高九点六米，重量五万七千五百公斤。发动机是柯蒂斯液冷 V 型十二气筒，六百四十马力 × 十二，最大速度时速二百一十千米……"

"我是美国人，说数字的话我一点也不懂。总之是贼大吧。就像听橄榄球场的大小一样。"

"没错，贼大！"

御手洗也说道。

"它不是军舰吗……"

我说道。

"不一样的，恰好外形相似而已吧。这是飞机啊。"

"哦……"

"在这里,还有克劳德·德尔尼耶教授的简介……他于一九六九年去世……德尔尼耶公司没能传给儿子们……噢,他三十四岁时制造了这艘飞艇。"

"三十四岁,天才啊!"

我也说道。

"不,石冈。制造出那艘 V2 号的时候,冯·布劳恩才二十六岁。系统一完成,就榜上有名了。因为第一号没有竞争者,二十多岁就已经证明是天才。世界性的大发明,大致上都是这样的。"

"就是它飞来了箱根?在芦之湖上?"

我这么一问,御手洗点点头。

"正是。"御手洗咧嘴一笑,"因为万分紧急嘛,马上要生了。必须十万火急将安娜斯塔西娅运送到日本。但那是在贝加尔湖东岸,搭乘西伯利亚铁路,再转船运,已经来不及了。于是日本军方与德国德尔尼耶公司交涉,买下了刚完成的 DoX 样机,支付了能买下一个非洲穷国的价钱。"

"您怎么知道的呢?"

"这里写着的呀!由于某些技术困难和资金不足,这项计划在一九一八年遇到挫折。但是,有资金援助之后重新开展,于一九二九年完成……这就是日本支付的货款嘛。"

"日本军队好有钱啊。"

我这么一说,御手洗就回应道:

"简单啦,用别人的钱包嘛。"

"是用罗曼诺夫的金锭支付的吗?"

"先付了定金吧。"

我一听,笑起来,说道:

"连这些您都知道啊——怎么知道的呢?"

于是,御手洗说道:

"错不了的。这就是为什么第二年仓持去了柏林。"

"他是去……"

"不必第二年也行的。我觉得他马上动身的原因,是因为钱未付清。他是拿金锭去付剩下的货款——付给柏林的德尔尼耶公司。"

"这就是他柏林之行的理由么……"

"虽然应以当事人的说法为准,但我觉得,最大的理由就是付款啦。"

御手洗说道。

"可是,箱根的那艘幽灵军舰没有翼。"我说道,"这是为什么呢?"

"当然就是拆卸了嘛。"

"拆卸?这样也行吗?"

"样品嘛,我认为简单做出来了就行。所以各处都是用螺丝固定的。那可是制造飞机的黎明时期呀,那种玩意儿,肯定是在从贝加尔湖起飞前上紧了各处的螺丝,在芦之湖水上降落后又得再来一遍吧。否则不用卸下主翼。"

"拆卸下来干什么呢？"

"翼吗？丢湖里了呀。布的主翼带着十二个沉重的发动机，丢进湖里马上就沉啦！这时候，顺便给舰首插上罗曼诺夫的旗帜吧！"

"为什么要这么干呢？拆卸主翼，就为了看起来像军舰吗？"

"不是，是为了这个。"御手洗用手指指着幽灵军舰照片的一处，说道，"这里有好几棵松树。这里呢，有岩石。带着大翼的话，飞艇就会被挡住，靠不上栈桥。"

"哦，原来是这样！"

我很佩服。御手洗用英语对捷列米也作了解释。

"这么一来，就变成'军舰来了'的奇闻啦。只不过是将罗曼诺夫的公主秘密运进日本而已啦。"

"着陆地点也不好嘛，竟然在赛之河原。"

我这么一说，御手洗笑了：

"加上安娜斯塔西娅的父亲在当皇太子时来过，所以被认为是灵魂重返故地了。"

"我觉得，这艘飞艇有尾翼之类的吧？"

捷列米问道。

"应该有吧。"

御手洗应道。

"尾翼也拆掉了吗？"

"我觉得不会拆的。拆尾翼并不简单吧。浓雾之中，看不到后面的。"

"哦……"

我放心地说。

"那这艘飞艇后来怎样了呢？"

"主翼和螺旋推进器都没了的话，它就哪儿都去不了啦。假如第二天不见它的踪影，那就是把它弄沉了。"

御手洗不经意地说。

"弄沉？在芦之湖？"

"对。"

"怎么弄？"

"在船底几个地方安放炸药就行了吧。"

"那……下落不明是怎么回事？"

"就是芦之湖湖底呀。"

"原来是这样啊！"

我被震撼得浑身无力。如此骇人听闻的事情，就发生在日本的大正时代！

"请……请等一下！"我突然察觉到一件事情，"没有了发动机，飞艇怎么靠上栈桥？飞艇究竟是怎么向前走的？"

御手洗指一下照片的一个地方，说道：

"这里安装了橹。在出门口的阶梯处安装了橹，由士兵摇橹嘛。另一侧也是吧。在这两个地方摇橹。"

"那么，那里的就不是舢板了……"

"对，那是伸出去的梯子。"

御手洗显示电脑的画面。的确，那里的梯子往外伸出。

"水上降落时，乘客先走下这个阶梯，然后转移到小船上。水上起飞时，乘客由小船先上梯子，然后进入飞艇内。"

"那在水面上弄沉它的时候……呢？"

"这回就将橹反装在阶梯上，反方向摇橹就行了吧。这种时候，日本的橹可是宝贝啦。用桨是不行的。"

我又舒了一口气，沉默下来。然后，呆呆地听着御手洗用英语对捷列米解释。

"但是……倾盆大雨之中，再加上浓雾，在漆黑的湖面上着陆成功，驾驶技术实在高超啊。"

我说道。

"所以就停电了嘛。"

"什么？"

"浓雾加深夜，多么天才的驾驶员也不可能在水上着陆。所以，在湖面上摆了一列导航的灯。为此需要巨大的电力。因此箱根町一带停电了。"

我顿时语塞，然后，我笑着问：

"您怎么会连这个也知道？"

连那种事情都知道，御手洗就是神仙了。

195

"不是说，整个湖都朦胧发光吗？那是导航的灯光啊。因为是在浓雾之中，所以从山路上看，感觉是整个湖在发光啦。"

"这样啊……"

我被彻底地击败，保持了沉默。

"雾自身发光，由于漫反射，湖水上空整个发亮。挑选雷雨的日子行动，是为了掩饰发动机的声音，日本陆军将样机DoX从贝加尔湖飞来芦之湖。飞行距离太长，大概将燃料都搬上乘客座位了。因为是巨型飞艇，所以行得通。这是将俄国公主偷运到日本的绝密行动计划。

"肯定是一次冒死的飞行吧，样机还没完善呢。也许途中有发动机停止运转，也有可能螺丝脱落空中解体。德尔尼耶公司也不想出售吧，但为了继续开发理想中的飞艇，只好割舍。里头有过这么些事情呢。七十年来，这个天大的秘密，全世界没有一个人知道。"

我默然，但又想起一件事情，就问道：

"那……仓持平八先生也在飞艇上？"

"他当然也在这艘DoX里面。"

御手洗说道。

"您是怎么知道它是DoX的呢？"

我问道。

"假如不是潜水艇，那就只有从空中飞来了吧？

认为大正时代不存在那样的飞机,这是盲点啦。我一查,德国有唯一的特大飞艇。很简单嘛。"

御手洗说道。

14

"在MANOSU的柜台说话时,我观察了寝无里先生的神色。感觉一般,他不爱开口,所以得花时间吧。这么一来,他来这里的概率,也很难说有多少。"

在地下酒吧"伦敦西区"的沙发落座后,御手洗说道。

"所以说,是人类和外星人握手的概率嘛。"

捷列米说道。

"那就是零啦。"

御手洗下了结论。

"看样子他不想说自己的事。"

捷列米说道。

"嗯。"

"不仅如此,似乎对安娜斯塔西娅也完全没有兴趣。"

御手洗点头。

"似乎他觉得,什么罗曼诺夫家族的秘密,埋葬在历史里头就够了。历史学家就是多管闲事。从这一点上看，他身上似乎流着更多革命者的血呢。他不觉得皇室的历史有何价值吧。"

"正是如此。"

御手洗赞同。

"那是他人生观的局限吧。"

"罗曼诺夫一家被秘密处决的情况，一般人都知道吗？"

我问道。

"大致上都知道。"

捷列米回应道。

"就要从托博尔斯克押送往叶卡捷琳堡时，阿列克谢的血友病很严重，不可能经历严酷的逃亡过程。于是，沙皇夫妇放弃了逃亡，祈求政治上的救助。据说，之后安娜斯塔西娅姐妹们都患了麻疹，塔蒂亚娜的头发完全脱落了。

"于是，只有沙皇夫妇和玛丽亚先去了叶卡捷琳堡。之所以这样，是因为阿列克谢从楼梯摔下来受了伤，为了治伤，安娜斯塔西娅他们就留在托博尔斯克。到了一九一八年五月，阿列克谢康复了，大家就赶去会合了。

"在叶卡捷琳堡，沙皇一家被软禁在伊帕切夫别墅。不久就转为监禁。这房子的旁边原是英国领事馆，所以地方不差。叶卡捷琳堡是鲍里斯·叶利钦的出生地。

"安娜·安德森女士除了头盖骨的凹陷骨折之外,身体上有多处伤痕吗?"

我重复问道。

"有。皮肤上有多处裂伤痕迹,脑后、手臂、腿和身体上可认出四处刺伤,被诊断为刺刀所造成。所以,头盖骨的凹陷也被认为是枪托造成的……咦?"

因为捷列米望向入口处,我和御手洗也转头去看。那里站着一位略微驼背的老人。是仓持寝无里。

"人类和外星人握手了。"

御手洗嘟哝着,站了起来。

"寝无里先生,这边请。欢迎光临!请坐。"

御手洗示意右手的座位。没戴白帽的寝无里一头银发,向这边轻快地走过来。那姿态令人感觉与沙皇的距离实在太远。

"我身体不好,晚上得早睡,不能慢慢聊了。"

寝无里说道。

"我们的见面是第一次,但也许也是最后一次了。您对捷列米说说吧。"

御手洗说道。寝无里还是站着,说道:

"我原先不想来的……那就待十分钟吧。"

他说着,在捷列米旁边不自在地坐了下来,显得有些局促。女侍过来,他要了乌龙茶。

"我有话要说。"

寝无里说道。

"御手洗先生,是对您说。"

他睨视了一眼御手洗。

"您请说吧。"

御手洗爽快地说。

"我想了一下您说的话。我还是觉得您说得不对。"

御手洗点点头,问:

"哪方面呢?"

"您说,不是为安娜·安德森,而是为我父亲,应该为安娜女士恢复名誉。"

"是我说的。"

御手洗又点头。

"听起来有说服力,但那是父亲在世时的事情了。既然人已死了,这样说就奇怪了。我现在要是做了什么,那就不是为父亲,而是为安娜女士了。只是为了安娜而已了。因为父亲默默无闻,安娜女士大大有名。"

御手洗很直接地点点头。

"可能会是这样的。"

寝无里默然。然后,他这样问道:

"回答就是这样而已吗?"

"是的。"

御手洗说道。

"那,我就告辞了。"

寝无里要起身。

"您要回去了？"

"没有必要说了嘛。您认可了我想法的正当性。您认为我的想法是对的，对吧？那我就按照自己的想法行事吧。"

寝无里站起来，说道。

"您真的不想听安娜女士的事情吗？"

御手洗问道。

"直到见上帝都不听，我已经决定了。"

寝无里说道。

"为什么呢？寝无里先生。"

御手洗再次问道。

"我就是固执己见。"

他回应道。

"死后也固执己见？您听不听安娜女士的情况，除了我们之外，谁也没看见。"

"我死后也固执己见！"

寝无里俯视着御手洗，干脆地说。这一来，御手洗获胜似的微笑起来。

"那么，名誉在死后也会留下来。不仅是您的，安娜女士的名誉也好，平八先生的名誉也是。"

寝无里听了，无话可说，干站着。御手洗继续说道：

"这一点，您也明白的吧。所以，您才来了这里。人的名誉受损,即便在其死后,也必须平反昭雪。不分有名或者无名。假如受到了荒谬的误解,更是如此。"

寝无里似乎一直在思考。

"假如平八先生在这里,他会同意哪种意见呢?您的、还是我的?"

"关于父亲和安娜斯塔西娅,我并不知道多少,这是事实。"

寝无里说道。

"您请坐吧。对于相关事情的判断,就让我们来做吧,好吗?"

御手洗说道。寝无里坐下。然后,他开始说:

"我不知道多少事情。不知道对于父母的名誉是否能起作用。我为父亲说说吧。你们想了解什么呢?"

"大致上都已经知道了,现在是希望填补一下不明白的地方。平八先生和安娜斯塔西娅之间,是什么关系呢?对于令尊大人而言,安娜斯塔西娅这位女性意味着什么?"

这一来,寝无里面无表情地说道:

"是妻子。"

"妻子?"

他点点头。

"是的。是深爱的妻子。一生中没有第二人、不可取代的妻子。"

我们被某种东西压倒了，无言。

"父亲打算跟安娜结婚的，安娜也是一样的吧。"

"但是，如果她变成了西伯利亚王国的女王，那他们之间会怎么样呢？"

御手洗问道。

"假如建立了西伯利亚王国，而且军部又有要求，那父亲作为军人，会果断地抽身退出吧。但是，不知道情况将如何变化。既有可能把儿子推上王位，也有可能作为女王的左膀右臂，待在宫廷里吧。"

"噢。两人相遇是在什么地方？"

"正式说法似乎是中国东北的'里'这一地方，但他们似乎在那之前，在西伯利亚铁路沿线已经碰过面了。据说在漫天风雪之中，安娜跟白军一起不停地逃亡，差一点死掉。她伤势严重，身体各处流着血，被冻僵了。没想到还能活过来。父亲好几个晚上不休不眠地看护她。最初她一言不发，但因为年轻得以康复，信任了父亲之后，安娜告诉了父亲自己是谁。我是听父亲这么说的，详细情况也不知道。"

"嗯，于是从贝加尔湖搭乘德国飞艇进入了箱根。"

"对。后来在箱根的酒店生下了我。但是，据说妈妈没碰过我。她非但不爱我，还憎恨我。也没有给我喝过一口乳汁。据说她的奶水很快就停了，好像原本奶水就不多。"

寝无里淡淡地说着,不带感情。

"那就是说,沙皇一家没在叶卡捷琳堡被处死,对吗?"

"叶卡捷琳堡的那所房子……叫什么来着……"

"伊帕切夫别墅。"

"对。据说在那里遇害的只有沙皇,皇后和女儿们被带去了别的地方。不过,详情不清楚。已经忘掉了。"

"安娜女士去了德国,这是怎么回事?"

"据说是跟父亲一起,从横滨搭乘经上海的船去的。然后在摩洛哥之类的地方乘飞机。父亲在我大概三十岁时,想把事情跟我说清楚。但我对这事毫无兴趣。早知如此,我就好好听,做一下记录就好了。"

"确实希望您能够记录下来呢。"

御手洗说道。

"我实在没那个心。因为对我来说,那才是我最想忘掉的事情。"

"平八先生说俄语吗?"

御手洗问道。

"不,他俄语不行,只会英语和德语。"

"果然如此。"

御手洗说道。

"平八先生跟安娜女士搭乘飞机前往德国?"

"对,去了柏林。"

"去找德尔尼耶公司?"

"您很了解嘛。我觉得是这么回事。然后去找在德国的、安娜母亲的妹妹或姐姐。然后打算飞往丹麦。"

"飞往丹麦?为什么?"

"跟大使馆也都联系上了,要见逃亡到丹麦王室的罗曼诺夫王朝的玛丽亚皇太后,以及她的女儿——叫什么来着……"

"奥利格女大公。"

"没错!奥利格,也就是尼古拉二世的妹妹吧,加上安娜聚在一起。好像是这么个计划吧。"

"是当面认人吗?"

"也有这个内容,但据说计划是:如果丹麦王室听了皇太后和奥利格的境遇给予礼遇的话,那就把她们都带回日本来。"

"为什么?"

"那么一来,就是把西伯利亚王国的王室成员都搜罗齐全了的意思吧。实在是气魄宏大的计划呀!"

"的确是的。"

御手洗苦笑道。

"奥利格么……这个人后来的情况,你们知道吗?"

寝无里问道。

"不知道。"

听御手洗这么说，他就说起来：

"她被赶出丹麦，移居加拿大，失去了一切。曾有一段时间，作为没落贵族被媒体所追逐。所以，唯有她的情况我知道。我读过一本杂志的报道。她最后无声无息死在多伦多的贫民窟、一个叫'莱尔'的发廊的二楼。也有说她持有不少加拿大元的股票和债券，实情不明。

"据她的几名邻居说，她在那个狭小的房间里走来走去，嘴里念念叨叨，喊着'你们对我侄女干了什么''你们对我侄女干了什么'。"

我们默默地点头。

"所谓'大众'，只想读猎奇报道，并不想了解历史。可我呢，一天也没有体验过贵族的豪华气派生活，没理由要满足大众的好奇心吧。"

他是说，作为奥利格，宁愿日本建立西伯利亚王国？

"到底发生了什么事情，让安娜女士和平八先生失散了呢？"

御手洗问道。这也是我非问不可的问题。

"搭乘列车抵达柏林中央车站时，安娜突然精神失常了。她不安地哭起来。被抓住的话，当然活不了。所以，她紧紧抓住父亲，浑身发抖。这也不奇怪，她才十八岁，又有过惨痛的经历。据说她不停地对父亲说'别抛弃我'。安娜也爱上了父亲，此时两人说好了要结婚。"

"噢。"

"然而，进入柏林市之后，安娜完全精神失常了。她一个劲地说，这个城市的人认得她，得换脸。一会儿说要剪掉前面的头发，一会儿说要拔掉所有门牙，都是不着边际的怪话。还说如果不这样做自己要被杀掉。加上很不利的是，德尔尼耶公司原先说可用金锭支付，现在突然提出要收现金。父亲时间紧，又不了解当地情况，就跟大使馆联络，紧急请求介绍兑换商。

"他们入住柏林市边上的酒店，分开住。两人房间离得挺远的样子。安娜就觉得是被父亲撇下了，她半夜里害怕起来，跑过走廊去敲父亲的房间。没想到父亲的房间竟然没人，他出去兑换金锭了。因为时间紧，他必须夜里就去办。出于安全考虑吧。但是，他怕说了安娜感觉不安，没说就行动了。这下子坏了。

"安娜头脑不清醒，踉跄着走在街上，拼命要找父亲。她以为父亲抛弃她了。她或许觉得，父亲带她来陌生的城市，就是要把她丢在这里，让她自谋生路——这是我的想象。而她完全绝望了，打算投河自尽。她觉得还不如这样子了断。

"另一方面，父亲黎明时分返回酒店，发现安娜失踪，大吃一惊也出去拼命寻找。但是，身在异国他乡，效果有限。他报了警，还联系了所有医院。他也往外跑，找遍了贫民窟、小酒店、妓院。但是，都没找到。据说此时安娜待在精神病院，但唯有精神病院父亲没去找。

"之后，父亲寄身日本驻柏林大使馆，与使馆人员合力寻找安娜。但未几即收到从日本发来的归国命令，放弃安娜的事。作为军部，恐怕是觉得即便万一找不到安娜，手上还有我这个儿子吧。于是，父亲便哭着回国了。"

寝无里停止叙述，我们长舒了一口气。这里头，掩埋着一个度过了传奇人生的女人的欠缺部分。寝无里拿起身边不知何时放着的乌龙茶杯，喝了一口。然后他说：

"我把知道的都说了。归国后的父亲，仿佛丢了魂。花了好多年，他才恢复了元气。他找来德国的报纸，一直关注着安娜的情况，但现在还好说，当时的话，并没有多少信息传到日本。父亲觉得对安娜负有重大责任，他为她守节，一生都独身。"

寝无里停住，凝视空中，然后又继续说：

"然后，他用爱安娜的方式爱我，养育我长大。遇上我发高烧，他一连几个晚上不休息看护我。校运会也好，家长开放日也好，周围都是妈妈们，但父亲必定参加。家门口有孩子向我扔石头,他便大发雷霆冲出去。我感激这位父亲,也尊敬他。我结了婚,有了自己的女儿,他比我更爱护她,把她当成了掌上明珠。"

这时,寝无里瞥了一眼御手洗。

"您很厉害。父亲是我最大的弱点。如果不是您搬出了我父亲,我是不会到这里来的。对那种母亲,即便不近情理我都不后悔。但为了父亲,可以做点什么却没做的话,我死的时候肯定后悔。我这样想着,就……"

寝无里抬一下眼,眼眶里闪烁着一丝泪光。

"我能说的就是这些了。那我告辞啦。对了……"

寝无里抬起右手。

"说谢就不必了。也不是专为你们而说的。还有就是这个……"

寝无里从怀里掏出一个信封,放在桌子上。

"这是什么?"

御手洗问道。

"回头看吧。我那份账单呢?"

"由我们来付吧。"

御手洗说道。寝无里想了想,说道:

"那就谢谢啦。"

他站起身,最后说了声"再见",转过身子,径直走向出口。

捷列米探出身子，向御手洗确认刚才的经过和对话的内容。我扭头向后，目送寝无里远去。他一次也没回头，消失了。

御手洗解释完，拿起寝无里放下的信封，打开。信封一倒转，两张照片掉在桌面上。捡起来看，一张是变色较为严重的男女合照。一名俄国女子和一名日本男子并排坐着。

"安娜·安德森！"

捷列米喊道。

"旁边的男子是个日本人呢。他就是克拉丘瓦——仓持平八先生吧。这是证据。像是在室内啊，这里是什么地方呢？是在日本吗？"

捷列米把照片翻过来。照片背面有字。

"是日语——写着什么？"

"是'摄于富士屋'啊。"

御手洗告诉他。

我在看另一张照片。这张也是黑白照片，但较新一些，是寝无里的脸部照片。感觉比现在略微年轻。翻过来看背后，也写了字。

"若有必要，使用这张照片亦可，但希望是在我死后。"

日文写得苍劲有力。这手字恐怕没人认为出自一个俄国人之手吧。我把照片交给御手洗，他扫了一眼后递给捷列米。

"捷列米。"御手洗一边说，一边递照片，"他也很理解您的工作啊。"

捷列米深深地点头。

15

这次会面半年后，仓持寝无里去世了。我隐约有种预感，那次会面是我们见到寝无里的最后机会。听说MANOSU关门了，未几变成了别的店子。总之，捷列米·克拉维尔可以无顾虑地将寝无里的照片用于自己的著作中了。

那次会面后的第二天，捷列米按计划去了箱根，在富士屋住下，走了一趟芦之湖，尤其是原箱根港及赛之河原周围。我联系了村木，轻而易举预订了房间。之后，捷列米又返回横滨，将幽灵军舰的照片还给我们，在东急酒店住了一晚，就回美国去了。

不久，捷列米寄来了郑重其事的感谢信，以及作品草稿的复印件。书的最后有着填补了以往空白的部分——对安娜斯塔西娅人生描述不足之处，希望作为追逐安娜斯塔西娅幻影的故事的结尾。在这部作品里，也有超过我预想的、令人震撼的部分，似乎对于捷列米也是如此。他也不想直接对我们说出来，而选择了日后写成文字告诉我们。这些历史书上没有写到的，也许才是历史与人的赤裸裸的真实吧。

约翰·马纳汉与安娜斯塔西娅的婚礼，于一九六八年十二月二十三日在夏洛茨维尔市政厅举行。很简单，没有任何宗教色彩。格列布·泡特金担任新郎的伴郎，安娜斯塔西娅没做这种安排。

安娜斯塔西娅在结婚证上填写的自己的姓名是"安娜·安德森，旧姓罗曼诺夫"，在父亲一栏填写了"尼古拉·罗曼诺夫"，在母亲一栏填写了母亲在德国独身时的名字"亚历山德拉·赫桑·达姆施塔特"。在"学历"一栏，她只写了"通过家庭教师接受教育"。真正明白这些内容有多厉害的人，在夏洛茨维尔这座城市里，除了比新娘小十八岁的新郎，就没有别人了。

约翰·马纳汉出于其历史学者的认知，因仪式的荣耀和惶恐几乎昏厥。仪式完成时，他一脸紧张地问格列布：

"如果尼古拉二世还活着，就站在这里的话，他会说什么呢？他看着我跟安娜斯塔西娅的婚礼，会怎么想呢？"

马纳汉学识优秀，继承了父亲的巨额资产，但也仅此而已，没有任何可写入结婚证的荣耀事。安娜斯塔西娅成长于罗曼诺夫家族，是要跟欧洲王室中倍受尊敬的王族结婚的。约翰·马纳汉被如此权威的想象所压倒，痛感自己乃无任何封号的一介平民，以之为耻。

但是，早年至托博尔斯克为止一直相伴左右的格列布知道，安娜斯塔西娅一生之中曾一次次被打碎希望，任由自己被身边俗物利用。另外，有时候举止不合常理的这位女性，是一般男子无法相守的，所以，格列布颇为自信地回答道：

"我觉得陛下会满怀感激之情。"

之后我得以会见安娜斯塔西娅，留下了至今难以忘怀的记忆。实际上，应该说那是我采访安娜斯塔西娅时的亮点吧。

在前往马纳汉家的途中，我听闻劳伦蒂斯的新片《金刚》将在巴拉克斯罗德剧院首映，就在他家起居室告诉了马纳汉夫妇。于是，约翰说偶尔也去看看电影吧，安娜斯塔西娅也同意了，所以饭后大家一起去巴拉克斯罗德剧院。

那天晚上的巴拉克斯罗德剧院几乎没观众。在杰夫·布里吉斯捕获金刚的情节处，安娜斯塔西娅对约翰耳语了几句，起身离开了。等安娜斯塔西娅消失在后面，约翰挨近我，对我耳语道：

"安娜斯塔西娅讨厌任何类型的暴力，尤其忍受不了对动物施暴，所以，她到外面等我们看完电影。"

我早就知道，宫廷时代的安娜斯塔西娅经常主动承担照料动物的活儿，也知道她格外喜欢动物，在柏林时经常去动物园，所以我听了也很能理解。

过了一会儿，我离席到洗手间后面去，想看看安娜斯塔西娅的情况。

安娜斯塔西娅独自坐在大堂的长椅上，像雕像般呆呆地望着虚空。我走近她时，她抬起脸，仿佛在等着我来似的，用手示意我坐在旁边。

我们并排坐着，沉默了好一会儿，我试探地问道：

"您讨厌这部电影吗？"

"讨厌。"

安娜斯塔西娅清楚地说道。

"国王被杀不好的。那只大猩猩的国王也要被杀，对吧？"

"是的。"

我说道。

"太过分了。"

她说道。

"是啊。"

我说。

"人人都想杀国王。"

她说道。我因此知道了，她感觉的问题，并不单单是虐待动物。

"不过，那个姑娘爱金刚。"

我说道。

"她是个差劲的演员。"

她批评道。

"到最后,那个姑娘应该要救金刚的。"

"我们也曾经是那样子的。"

安娜斯塔西娅突然冒出一句。

"是什么意思呢?"

我这么一问,她定定地凝视前方,开始叙述。

"卫兵们告诉我们,他们在制定救出沙皇一家的行动计划。同时也听到传言说,德国和英国的救援部队也集结在叶卡捷琳堡近郊。"

我吃了一惊。她突然说起了沙皇一家在叶卡捷琳堡被处死前夜的情况。

"不过,最后是地狱。"

安娜斯塔西娅的声音开始颤抖。

"当时死掉就好了。那样的话,以后也不会再回想起。"

她在这里又停顿了,很难受。看着她那激烈斗争着要不要说下去的样子,我忍不住说道:

"您不必为了我,勉强自己回想那一切。"

但是,在片刻沉默之后,她这样说:

"不,我必须说。为了让世界上的人知道。必须让一切真相大白。"

然后,安娜斯塔西娅开始缓缓地叙述起来。那是世界上谁也没有听过的历史的真相。大堂静悄悄的,门缝里不时传出金刚的吼叫声。

"请您写在书里。所有一切都得写下来。"

我点头,说道:

"我试试看。"

安娜斯塔西娅语塞。然后,她说起了其他事情。

我也问了克拉丘瓦的情况。但是,她对这个人物的记忆模糊不清,只是这样解释道:

"克拉丘瓦是个杰出的人物,也忠于沙皇。遇上他之后,我就比谁都更加依赖他了。不过,他不是孩子的父亲。"

我还问了她是否曾爱上了克拉丘瓦,但她没有回应这个问题,也许顾虑着现在的丈夫吧。

当时,我还这样问了:

"您以前提到过替身,为什么要编这种故事呢?"

于是她这样回答我:

"因为您当时说,您之后要去英国,见萨玛兹和芒格德(作家),他们也正在写我的书。对于英国人,我不想做任何贡献。"

我很惊讶,她接着这样说:

"英国人全都是草包,不可信赖。现在,您知道真相了。公布真相的是您。"

尾声

1

外面是漫天风雪。大地在震颤，仿佛发生了雪崩；帐篷摇晃着，如同在爆炸气浪的冲击之下。

北国的严冬来临，弄得人心惶惶。对食物的不安、对燃料的不安，对士兵而言就是对武器弹药的不安。而今年又加上了对国家前景的不安。所有一切都崩溃了，没有了沙皇的大帝国乱糟糟的。冬将军来访之前，人们为了理想的生活而相互残杀，错综复杂的各派势力之间相互争夺房屋住处、食物。好不容易活下来的人，等待他们的是北方的严冬。负伤者中又将有许多人因此死去。春天还在遥远的前方。对俄国人来说，冬天是令人不安的季节，而今年尤甚。暴风雪如同终结世界的绝望之音。

白军拥有的野营帐篷都是薄布制的，不适合西伯利亚的冬天。他们都以为在冬将军到来之前，战事会见分晓吧。所以，大家支起帐篷后，必须在周围堆雪作为防风墙。

到一切都被冻住前，多少仍有一点时间，但草原已经完全枯萎。而大雪开始掩埋住枯草。这季节里，只要太阳一落山，就只能整晚听着呼啸的风声。

白军司令米尔科夫·伊扎切科将军在自己烧着暖炉的专用帐篷中，一边把布浸在热水里，一边说道：

"来吧，公主殿下，请松开衣服，擦洗一下伤口。"

但是，安娜斯塔西娅的精神世界已接收不到俄语。她全身疼痛，发着高烧，感到恶心和头痛。她感觉不到身体的脏污，只想就这样躺着。

将军迟疑着，伸手去解安娜斯塔西娅的衣服。几件衣服紧紧粘在一起，他甚至解开了内衣的纽扣，露出乳房和腹部。安娜斯塔西娅没有抵抗，她没有这样做的力气。

见她身上满是应急处理垫的棉布、捆的绷带，伊扎切科将军要将安娜斯塔西娅从床铺上扶下来，让她站着脱下衣服。安娜斯塔西娅对此感到痛苦、不满。她忍着痛在床上微微摆头，将军说道：

"公主殿下，不清洁伤口就会危及性命。躺着不动就是等死，懒惰等于拥抱死亡。为了活下去，人必须动起来。来吧，站起来！来吧，使劲！安娜斯塔西娅殿下！"

将军都那么说了，安娜斯塔西娅只能遵命。在米尔科夫的搀扶下，她站在略微不平的地面上时，不由得呻吟起来。剧痛复苏了，她紧咬的牙关几乎透出哭腔。眼前的一切摇摇晃晃。

剧痛和眩晕，使她难以持续站立，但她按照吩咐做了。此刻除了依赖这位男子，自己别无生路。

烧着暖炉，上面搁的水壶缓缓冒着热气；狭小的高级将领帐篷里头并不寒冷。她只是觉得身体剧痛，头痛、眩晕而恶心。

脱掉所有衣服、解开了绷带，在暴风雨的轰隆声中，呈现出瘦削的、到处裹着纱布的十七岁少女的裸体。

此刻仍有往棉花或纱布渗血的伤口，而与纱布干结在一起的伤口，要扯下纱布裸露伤口，可以想象有多么残忍。米尔科夫于是只取下绷带，擦拭露出的肌肤，尤其是后背。

"请这样趴在床上，安娜斯塔西娅殿下，这样的伤势，您也走不动啊。"

于是，将军抱起裸身的安娜斯塔西娅，轻轻让她趴在毛皮上。安娜斯塔西娅咬紧牙关不喊痛。她硬憋着不哭泣，头扭向一边，强压着要呕吐的感觉。身份高的人，不该让身份低的人看到自己的惨象。

将军把布浸回热水中，搓洗后又小心擦拭安娜斯塔西娅的前身。污垢和血迹随即让布块变得黑红，躺着的安娜斯塔西娅也看到了。

一次次浸回热水中、搓洗、绞干之后，将军擦拭着安娜斯塔西娅的身体。擦的瞬间还好，不一会儿冷气袭来，引发恶寒的感觉。两腿间也细心擦拭了，轻轻地触碰到性器官。安娜斯塔西娅发出一声低低的痛苦呻吟。是热水渗进去了。可想而知那里也严重受伤了。

擦拭完身体，将军把伤口的纱布一一取下，依次消毒，涂上药剂。好几回药剂渗入伤口，剧痛难忍，但她熬过去了。最难忍的是恶心。如此不停地恶心不可理解。

接着，他取出了新的绷带，重新包好他觉得有必要的地方。过了一会儿，有急救箱轻轻盖上的动静，她心想已经结束了，伸手去摸脱下来的破旧衣服。她的手被将军轻轻抓住，然后，他在铺了毛皮的简易军用床边慢慢坐了下来。

"安娜斯塔西娅殿下，"将军低声说，"我们白军不是殿下的敌人。请千万不要怀疑我们的忠诚。"

"感谢您，伊扎切克司令官。"安娜斯塔西娅说道，"沙皇也会感谢您的忠诚。"

这样的俄语马上脱口而出。因为这样的表达方式，迄今她已经说过无数次了。

"公主殿下，我深感荣幸。您的话让我们勇气倍增。从明天起，我们为保卫殿下将不惜生命战斗到底。"

"全指望您了，司令官阁下。那么，请您将我的衣服……"

但是，将军这样说道：

"在我们背后,有丰富的军队资金。您将看到我们为保卫您而英勇战斗,确确实实地夺取最后的胜利。"

"我多么盼望着那一天啊,司令官阁下。"

安娜斯塔西娅说道。但是,接下来的话出不了口,挤出来的是:"我头痛得厉害,还有恶寒……请您把我的衣服……"

痛苦使她的声音不像出自自己的口。司令官握着她的右手腕,又使了点劲。她不明白他的意思。

"我们非常同情沙皇。沙皇一家不妨仍像以前一样管理国家,政治上的细节交由人民议会决定就行。这就是君主立宪制的民主主义。最终决定由沙皇做出,若认为议案不够充分,可重交议会讨论。"

帐篷外的暴风雪声以及因头痛产生的耳鸣,使她对将军低低的说话声几乎听不见。不可思议的是,即便听得见的那一小部分,也完全不明白。安娜斯塔西娅不停地与要远去的意识作斗争。

"伊扎切科司令官。"

安娜斯塔西娅抬头看着一直按着自己右手的司令官的脸。煤油灯前,司令官的脸仿佛一个巨大的阴影。他的嘴巴张开着,露出金牙,从中吐露出这样的话:

"可行的话,米尔科夫和安娜斯塔西娅阁下。我们是安娜斯塔西娅阁下一方的,要为安娜斯塔西娅阁下继续战斗、奉献生命。安娜斯塔西娅阁下也是我们一方的吗？"

这个家伙为何一直唠叨这种事情？他打算何时放开我？

"我不明白您的意思。"

"您说什么？"

"我听不见。我真的不明白您的意思。"

安娜斯塔西娅竭尽全力说道。

"那么，我们是敌人吗？"

"当然不是。"

安娜斯塔西娅说着，脑袋左右晃动。

"好吧，请您加以证明。"

将军说道。安娜斯塔西娅还不明白话里的意思，一副讶异的表情。

将军阴暗的脸慢慢凑近来，把自己的唇贴在受了伤的、安娜斯塔西娅的唇上。

安娜斯塔西娅战栗了。这个家伙假装亲切，还是想侵犯她。

"将军，请自重。不得无礼。"

安娜斯塔西娅强压着怒火，静静地说道。一生气，头痛更甚。

"我受伤了。而且感觉强烈的头痛和恶寒……就这样说话已经很难受了。"

"您必须稍微忍耐，公主殿下。"

安娜斯塔西娅睁开眼睛,哑口无言。因为他的反驳完全出乎她的意料。

"您说'忍耐'?究竟有何理由那样说?为什么我必须忍耐?"

"为了胜利,安娜斯塔西娅殿下。"

将军冷冷地说。这也是意思不明的话。沉默片刻,安娜斯塔西娅想了想,说道:

"现在您也明白,我身体受伤了。那里连指头碰一下都不行。请花些时间等我痊愈。"

她这么一说,将军抬起右手,等待着:

"没有弄明白意思的是公主殿下。安娜斯塔西娅殿下,我们白军永远忠实于沙皇。永远希望你们幸福,且代表我们的国家。但是,那并不意味着你们要作为上帝高高在上。我们的人民议会与皇室之间,现在是对等的。也就是说,我跟您必须开诚布公,成为友好伙伴。为了尊贵的朋友,从明天起我必须再去拼命。没有时间了。所以我说,此时此刻,您必须向我证明我们是朋友。"

安娜斯塔西娅因愤怒而发颤:他是在要挟。

"伊扎切科司令官,我是您的俘虏吗?"

但是,他很冷静。那是折磨猎物者的冷静。他从容得很,他知道猎物即使逃出了这里,也没地方可去。

"安娜斯塔西娅殿下,时代在剧变。那速度快得任何人的常识都跟不上。你们皇室那一套，已经不顶用了。"

安娜斯塔西娅沉默了。自己身边没有女人跟着。因为自己独自一人，所以遭受到这种事情。与她境遇相同的母亲、姐姐们、父亲、阿列克谢，现在平安无事吗？

米尔科夫说道：

"我也度过了艰难的人生。虽然看起来是这副模样，不过我还年轻。但也许明天就死了。我仰慕您很久了，希望死前也交点好运。就算是没有希望的人之间的相互安慰吧。"

"将军，我受了伤。您现在想做的事情，我的身体承受不了。"

安娜斯塔西娅强忍着眼泪说道。为何身为公主的自己，竟不得不这般哀求一个什么司令官？这时，将军又露出金牙，这样说：

"你们从我们人民身上一再榨取，用那些税金建造了八大皇宫，是事实吧？而你们就住在里面，日复一日举行豪华宴会、花天酒地、不问国事！在大雪纷飞的街头、在饿得奄奄一息的俄国人民的鼻子尖下，你和你的家族夜复一夜重复着这种罪行。俄国贫穷姑娘们正在做的事情，你现在也必须承受。"

于是，将军触摸仍在出血的安娜斯塔西娅的身体。那里尽是暴露的伤口。安娜斯塔西娅因剧痛而发出呻吟。但是，他没有停下来，一边解开军服，一边压在安娜斯塔西娅身上。

安娜斯塔西娅在暴风雪中向东一直走，她披着破烂衣服，再裹上毛毯。马匹陆续倒下，一旦断气，很快就会被刮来的雪花变成白色，然后就冻住了。人也一样。髭须冻结成白色的伤兵一倒下，他的身体随即被冰雪覆盖，与冻土无法区别。

大炮首先被抛弃，机关枪座也好、枪弹也好，都被丢弃在大雪纷飞的路旁。每次遭遇敌军，都感觉敌人数量在增加。开始出现还没中弹就已经冻死的人。

安娜斯塔西娅和少数几名士兵一起，从战斗中己方的背后逃离。因为战斗对己方不利，照此下去包括她在内，都有被敌军俘虏的危险。虽然是绝望的旅程，但能够离开将军，她也觉得有点高兴。

连磁铁也不起作用了，方向不明，所以他们寻找铁路，沿铁路向东走。司令官说，抵达"里"，有白军的精锐部队。只能相信他说的话了。

但是，安娜斯塔西娅从一开始就体力有限。她的伤，就是在温暖时期步行也很勉强。况且还有暴风雪。感觉到身上的伤口在不断出血。那血不一会儿就冻结成冰。如果流眼泪，马上也会冻结成冰，贴在脸颊上。她好几次停步呕吐，但冒着热气的脏污也马上在雪中冻结。

在呕吐发作得最为剧烈的此时,安娜斯塔西娅终于醒悟了,她战栗起来。一再呕吐的理由,迄今都没想过。因为没人告诉自己。这种持续不断的恶心,不是因为伤或病,是怀孕!

她从没想过,结婚前会发生这样的事情。但是,已经不容置疑。深深的绝望击垮了她的精神。

母亲和姐姐们、父亲、阿列克谢如何了呢?自己都这样了,他们也都被上帝抛弃了吧。现在仍然平安无事吗?一有战争,女人马上沦落为军妓。通过这次的经历,她很清楚。公主也好、街娼也好,没有任何区别。而上帝,是不帮女人的。

身体渐渐失去所有的感觉。手指尖、脚指尖的感觉会失去,接下来全部手脚的感觉也将失去,脸颊和耳朵的感觉也好,下半身的感觉也好,所有一切都没有了,甚至不知道自己是在走路还是站着。安娜斯塔西娅醒悟到,自己距离死亡咫尺之遥。

她已不恐惧死亡,因为活到此时已经不可思议。那个恶魔的孩子,也将和自己一同死去。好几回意识已远去,那是死的诱惑。她终于倒卧在雪上。她刚想着"啊,这样子一切结束了",却在某人的后背上苏醒过来了。鼻尖处摇晃着哥萨克的皮帽子。是一个没有负伤的、还有力气的士兵背着她,她还没死。

日暮时分，在暴风雪和铁路的前方，能看见一片露营的灯光。

"是日本军队。"

隐约听见背着她的士兵紧张地说道。

在灯光下，安娜斯塔西娅苏醒了。她分不清是白天还是晚上。

"你睡了两天两夜。"

略微生硬的德语。她在疼痛和无力感中微微仰起脖子，看见一张身穿军服的东方人的笑脸。

"明白我的话吗？我不会说俄语。"

安娜斯塔西娅点点头。但是，其实她没听清楚。

"太好啦。"

东方人笑着说道。

"你伤得很重，好好休息吧。这里有好医生，放心躺着就好。你叫什么名字？"

听到询问，安娜斯塔西娅这样回答：

"瓦伦齐纳·奥尔洛夫。"

"出生地呢？"

她不明白意思，愣了一下。

"出生地呀。你在哪里出生的？"

她没料到会被问这个，想了一下答道：

"扎博罗舒斯科耶。"

这是她小时候去过好几次的地方，在宫廷附近的城市。位于拉多加湖畔的漂亮城市。

"扎博罗舒斯科耶?好远啊。刚才那些白军里头,有你的家人或者朋友吗?"

安娜斯塔西娅摇头。东方人似乎很吃惊。

"没有吗?那你为什么跑这么远过来?"

但是,安娜斯塔西娅回答不了。与其说是一下子编不出假话来,毋宁说是她身上疼痛无法细想过去。另外,他说的话的意思,她也无法正确理解。

"刚才的军人说,你是有身份的人,真的吗?"

安娜斯塔西娅对此也无法回答。他们如果知道自己的身份,日复一日的施暴又将开始。日本军队也是父亲的敌人。

沉默中,日本军人没再问,他说自己的名字是"克拉莫赤",之后就说一声"晚安"。

2

仓持看来也懂一些医学。他说自己曾在医院里工作过。军医不在的时候,总是仓持跟在她身边,配合治疗。他的认真和热忱很不一般,让人疑心他是不睡觉的。

"这是哪里?是什么地方?"

每次从噩梦连连的浅睡中醒来,安娜斯塔西娅便问身边的仓持。她时而用德语,时而用俄语。

"你在野营医院的帐篷里,安心睡吧。"

每次都是日本人用生硬的德语回应。

"我要死了吗?"

安娜斯塔西娅边哭边问。

"您不会死。"

日本人回答。

"我一点也不害怕死亡,只是很不甘心。"

安娜斯塔西娅说道。她后来又多次重复同样的呓语。最后,她突然醒来,向这个日本青年伸出手,说道:

"我允许您握着我的手。"

安娜斯塔西娅身体康复之后,隐隐约约了解到了仓持颇具献身精神的护理。她很长时间徘徊在生死边缘。因为怀孕,她身体衰弱得比一般情况严重。麻烦的是她有呕吐的情况。万一无人看护之下她无意识地呕吐,躺姿会致呕吐物堵塞气管,危及生命。

意识缓缓地向死亡深渊滑下去时,安娜斯塔西娅耳畔回响的,常常是西伯利亚的暴风雪。坠落之处,看得见父亲尼古拉和母亲、弟弟阿列克谢以及姐姐们的脸。他们虽然没有在哭,但都不是开心的样子。当安娜斯塔西娅对是否前去那里迟疑不决时,她察觉有人握着她的手,不让她再往下掉落。她猛回头看,是那位叫仓持的日本人。

"您还不能死。"

他用生硬的德语说道。他眼睛总是红红的，一副睡眠不足的样子。

"为什么？"

她反问时，他说：

"因为您是公主。您必须重返您的位置。"

"您是怎么知道的？"

年轻人没有回答她这个问题。

约一周之后，安娜斯塔西娅稍稍有点恢复。因为她年轻。这时，仓持欢天喜地，端来了许多汤。

"我梦魇了吗？"

安娜斯塔西娅问道，仓持就回答：

"有一点。"

又过了几天，仓持邀安娜斯塔西娅到帐篷外去，说今天天气好，一起练习走路吧。这一天她也觉得身体情况不错。

一起走出野营医院的帐篷，眼前是一个洁白、宁静的世界。天空湛蓝，地面的雪蜿蜒着延伸，直至地平线。处处是树木的群落，看不见一所民居。可见的都是日本军队的临时设施。虽然这里曾是一个冷飕飕要冻结一切的世界，但此刻没有风，有阳光照射，比较暖和。还微微飘荡着洁净的气味。

有一块地方被除掉了雪，成为一个大大的、平坦的广场，日本军的士兵正在这里列队操练。在他们的注视之下，随着响亮的口令声，士兵变成两列纵队，跑起步来。他们跑步的路也已经建好了。士兵们背负着重装备，整齐有力地跑着，然后在口令声下，一下子全体改变方向，向另一边跑。

军纪松弛的白军、靠不住的沙皇军队相比较，他们是多么强有力、步调一致啊！她觉得，俄国军队实在战胜不了这样的军队。

安娜斯塔西娅扶着仓持的肩头，摇摇晃晃地走起来。但总是不顺利，感觉牵着手更好些。她全身乏力和疼痛，还有头痛，身体动不了。真所谓寸步难行。

"把手……"

安娜斯塔西娅用德语说道。但是，后面的话说不出来了。语言跟体力一起，都消失了。

"是允许我拉您的手吗？"

仓持调侃地说道。安娜斯塔西娅感觉疑惑，没有回应。她一个人走实在不行，便默默伸出了手。

"走路很重要。如果体力恢复了，就这样子每天走一下吧。否则，人很快就会忘了怎么走路。"

仓持说道。安娜斯塔西娅点点头。

"哎哟！"

走着走着，安娜斯塔西娅脚下一滑，坐在地上。

"不要紧吧？奥尔洛夫小姐。"

他说着，绕到安娜斯塔西娅身后，恭恭敬敬地将她搀扶起来。

"奥尔洛夫小姐，您说英语吗？我说英语会轻松一点。"

仓持问道。

"我不说英语。不喜欢英语。"

安娜斯塔西娅干脆地说。

这时,前方出现了一台形状奇特的火车头。在茫茫雪原中,它停在那里,向蓝天喷吐着雪白的蒸汽。

"那是什么?好怪异的机车啊。"

安娜斯塔西娅问道。

"这是除雪车。假如铁路上的雪不太厚的话,这种车走一下就可以除雪了,一般火车就能在它后面行驶。所以,你可以回到扎博罗舒斯科耶了。"

安娜斯塔西娅一听,浑身战栗起来。

"火车前往圣彼得堡。您可以回到那里。从那里去扎博罗舒斯科耶很近。身体好了就走吧。"

"不能走。"

安娜斯塔西娅马上说。

"还有您肚子里的孩子。总要分娩的。您需要一个适合的环境。"

"我已经不恶心了。"

安娜斯塔西娅说道。

"噢,那太好了。"

仓持说道。

"克拉莫赤,我有不能回去的缘由。"

安娜斯塔西娅说道。仓持看着她。定定地看着她

的脸,等待着。但是,安娜斯塔西娅往下就语焉不详了。仓持等了一会儿,眼看她说不出来了,便说道:

"我不问原因。但是,您还是回去为好。"

"为什么?"

安娜斯塔西娅问道。

"您肚子里孩子的父亲也等着吧。"

安娜斯塔西娅一听,浑身颤抖。要说他们等着,那是为了弄死她。

"您是让我回到地狱中吗?让我一个人?"

安娜斯塔西娅盯着仓持,然后望着除雪车,说道。

"我没那样说。只是考虑到您肚子里的……"

"这孩子没有父亲!"

安娜斯塔西娅厉声说道。仓持惊讶、沉默,然后点了点头。

"是吗?可尽管如此,您应该还有许多亲友。想帮助您的人也很多。要跟他们取得联系,然后求助就行了。"

"我已经没有能依靠的人了。可依靠的、强大的人,哪里都不存在。"

"糊涂。我是一个日本人,对俄国内部的情况不太了解。但是,那只是寻找方法不对而已。像您这样的人,应该有无数拥戴的人。他们会豁出性命保护您的。"

"像我这样的人?'像我这样的人'是什么意思?"

安娜斯塔西娅回过头,盯着仓持的脸,问道。

"到底是什么意思呢?"

仓持说道。安娜斯塔西娅说道:

"我一无所知。完全不明白。因为我跟谁都没有直接接触过。总会有许多人冒出来。那些人、那许多的人究竟住在哪里、如何联系,我完全不知道。如果被赶出这里,我就只有死路一条。"

"您这样的人不能待在这种地方,得回去。"

仓持的语气有点严厉了。

"我这样的人——所谓'我这样的人',究竟是怎样的人?"

仓持无语了。

"我就待在这里。"

安娜斯塔西娅干脆地说。仓持颇感震惊,他瞪着安娜斯塔西娅,然后说道:

"我那样说是为了您好。在这里待下去的话,对您不利。"

"迄今谁也没帮过我。没有任何一个人。没有任何一个人真心要帮助我。俄国人全都是那样。我已经不能相信那样的俄国人了。"

"这里可是日军阵地呀,也就是您的敌国呀。"

"不,这里不是敌军阵地。"

安娜斯塔西娅说道。

"您说什么呀，您忘了日俄战争了吗？"

"有您在。"

"您说什么？！"

"帮我的人只有您。只要您不在，我现在就活不成。只有您是真正为我考虑的。您把濒死的我从暴风雪中救回，不眠不休地看护我。多少个白天、多少个夜晚。而且，没有碰我的身体。在地狱般的日子里，我真正可以信赖的只有您。所以，我就待在您身边。"

"在我身边？我是日本军人，以服从命令为天职。如果军队想要利用您，我不能违抗。待在这里不好，我是为您着想才这么说的。"

"我还不能走。我还不能一个人走路。"

"我没说让您立马动身。等您身体康复之后，您得尽早返回您的国家。"

"去哪里？我要去哪里？我的国家在哪里呢？所谓我的国家，已经不存在了。我是孤身一人。您讨厌我吗？"

安娜斯塔西娅热泪盈眶，死死盯着仓持。

"不是喜欢、讨厌的问题。"

"那是什么问题？"

仓持笑了笑说："嗯，您还年轻嘛，都是孩子气的念头。"

"您无法喜欢上我吗？"

"假如我讨厌您,就不会跟您说这些。您是俄国人啊。"

仓持说道。

"我不相信俄国人。那样子的俄国,已经不是我的国家了。"

"可是,那个俄国和它的人民,正等待着您。不是吗?公主殿下。"

仓持声音有点沙哑,二人在雪原之中对视。

"您知道了?"

安娜斯塔西娅低声问道,仓持缓缓地点头。

"整整一周,我片刻不离地看护您。其间听了您的梦话。您向我伸出手,说允许我握着。允许您待在身边、允许您冷静下来——在俄国,扎博罗舒斯科耶的姑娘都这么说吗?"

"我的德语不好。"

"不,比我强。"

仓持说道。

"假如我让您不高兴了……"

"我像吗?我怎么会不高兴,我太高兴啦!但现在,军队上层还没有察觉。我的直属上司知道,所以还允许我这样决定。他会有所考虑的吧。但是,我跟他说的话,他会理解的。所以,此时此刻您能够自由地离开这里。但是,假如这里的大队领导发现了你,然后东京的参谋本部发现了你……"

"发现了会怎样？把我抓起来？"

"不会的，还不至于。"

仓持摇头。

"现在的我有何价值呢？什么罗曼诺夫王朝，等于不存在了。以新政府为对手的话，拿我当盾牌是什么也要不来的。"

"现在确实是。但是，如果我军形势不利，而新政府又稳定下来，就有可能要求我们交出您这个敌人。"

"新政府没想到我还活着。只要日军不说，就没人会知道。不是吗？"

仓持沉默了。

"而且，世界舆论也不允许这样。德国和英国的王室不允许。"

仓持继续沉默。他无从判断。战略或者政治，可不是那么单纯的。这是一个阴谋诡计横行的肮脏世界。恐怕情况错综复杂、变化多端，区区一介军人无法预测前景。

"日军不会跟俄方提及您。"

"那就没有问题了。"

"但是，往下的情况我看不透。"

仓持说道。

"政治并不是那么单纯的事情。我不想将来做出背叛您的举动。也不想我周围的人做出那样的举动。"

237

"那就别那么做吧。"

"我不是司令官,"仓持说道,"我无能为力。"

"现在把我赶回老家,才是背叛。那是杀人。"

仓持沉默了。

"您讨厌我吗?"

安娜斯塔西娅又问道。

"您为什么这样说?"

"我信赖您。我允许您在我身边、不离左右。请向您的上司汇报我的身份。我命令您一直待在我身边。"

仓持叹了一口气:

"笨蛋。"

"您不愿意吗?"

"不,不是说那个。"

仓持说道。安娜斯塔西娅问道:

"我喜欢您。您觉得我怎么样?"

仓持苦笑了。

"我不过是一名小兵。不可能回答您的吧。我能与您这样说话,已经很不可思议。如果我不知天高地厚,跟身份天差地别的人说'我会爱护您',我就无地自容了。"

"您为什么那样想呢?请向前看地想想吧。"

仓持无从回答。

"我说了,我喜欢您。您又如何呢?如果您是一名绅士,请回答我。"

"您问了残酷的事情。以您的身份,您说什么都是可以的吧。然而我不同。如果我说我喜欢您,那会怎么样呢?"

"我很高兴。"

"这是痴心妄想吧。日本的一介平民跟俄国罗曼诺夫家族的公主?别耍我了。所以,那么说,是没有意义的。"

"对我有意义。有很深很深的意义。我能从中获得活下去的力量。所以,请给我大难不死后的喜悦吧。"

"我一直看护着您。当我无法抵御睡魔来袭时,就躺在硬地板上,在风雪声中倾听着您的动静,生怕没留意到哪怕一点点您身体的异常。若不是倾心于您,我早已回到自己的床上了吧。"

安娜斯塔西娅听了,闭上眼睛,双手交叠于胸前。

"上帝啊,我相信您。请原谅我之前曾怀疑过您。因您的力量,我定能开始新的人生。"

然后,她抬起脸,这样说道:

"克拉莫赤,感谢您。我有点冷,今天的练习就到此为止,回到帐篷里去吧。"

她眼里闪烁着泪光。

3

在日军驻屯基地,安娜斯塔西娅是孤身一人。

没有随从、朋友、护卫，甚至没有同族的人。白军士兵将她交给日军后，马上返回驻扎在"里"的大部队，没有人再留意她了。由此既可以清楚看到白军的政治立场，同时也使日军内部产生了很大的疑问：安娜斯塔西娅是假的？或者，是一名间谍？

但是，若说她是间谍，则她真的负了快要死亡的重伤，好不容易才好转。之后她的情况还进一步变坏，好长时间不但不能步行，连说话也是几天才能说一次的状态。另外，她即便身体好了，又常发生剧烈头痛，每次都有精神错乱、呕吐的情况。她所承受的打击，不单是身体的外科性外伤，那是花时间可治愈的；还有头部的打击最为严重，头盖骨到处有凹陷的伤，今后情况如何是未知数。加上她还怀孕了。这个样子的间谍，在现实中是难以想象的。简而言之，白军就是将一个濒死的同胞丢弃在了日军阵地而已。

在这样的条件和环境下，通常难以指望母子都情况好转，安娜斯塔西娅慢是慢，但渐渐地好转。身负那般重伤却能够恢复，实在是她自身的奇迹。其背后，的确有年轻和信仰虔诚，以及她对仓持的倾心向往。在部队营地里，她确实是孤身一人，百分之百要依赖仓持。但是，她不觉得寂寞。在地狱偶遇的这个日本人，她对他的情思，是她迄今为止没经历过的心动。对这种新鲜情感的向往，唤回了她的体力，带来了生存的希望。

仓持向上司报告了安娜斯塔西娅的家世。因为这是她所期待的。当初仓持想的是趁着上级不知情将她放走。如果军方上层或日本政府知道了，考虑的就是在政治上如何利用这位罗曼诺夫王朝的公主了。他以为这是违反她意愿的，应在此之前将她送归俄国国内、属于她一方的阵营。这是仓持式的、对她的忠诚。

但是，她要求仓持对日军上层说出来。她有她的算法和胜算吧。长居于俄国最高层的人对外国势力的洞察，尽管稚嫩却可能抓住了要点。也许存在着自己不知道的判断依据。另外，在混乱至极的俄国，他也没有自信可以将她安全地送往她那一方的势力那里。失败就意味着她的死亡。仓持想，既然如此，还是留在这里稳妥，于是不提自己的主张了。

军队上层当然很吃惊，汇报到东京的参谋本部。理所当然地，东京也很吃惊。回复的指示马上发出：确认该女子是不是真正的安娜斯塔西娅公主；若是真的，今后仍留置于基地内，在有指示前郑重对待。尤其是其腹中孩子，须以充分的医疗保护对待，尽可能使之平安分娩。消息绝对不可外泄，尤其要留意俄方的间谍。

安娜斯塔西娅允许基地的日军高层在野营医院帐篷内谒见，请求将仓持作为自己的随从。因为这要求并不违反来自东京的命令,军方接受了,仓持顺利地成为照料安娜斯塔西娅的人。军方开头提出其他人选,但安娜斯塔西娅没有接受。

确认安娜斯塔西娅是真是假的任务也由仓持承担。军方高层也好、东京方面也好,十分怀疑安娜斯塔西娅身份的真假。理由有很多:白军士兵轻易就将安娜斯塔西娅丢弃在日军阵地上;可作为罗曼诺夫家人证据的物品——瓦伦齐纳·奥尔洛夫的衣服或随身用品完全看不到;日军也获悉她的母亲亚历山德拉将无数珠宝缝入四个女儿的内衣,但这些东西已经悉数被掠夺。

加上安娜斯塔西娅头部的情况极不乐观。圣彼得堡的宫廷仪式,以及建于郊外皇村的私邸、阿历克珊德尔宫的生活方式,这些理应知道的内容她都想不起来。被质问、苦思冥想、在床上犯糊涂,她的表情实在像一个拼命编故事的假公主。对于宫内的生活习惯,她倒是花时间想起了一些,但是用不地道的德语说的,但这些是事实抑或是想象,日军里头也没有懂的人来识别。

但是,唯有仓持一直听着她与死神搏斗的呓语。也就是说,他知道她是真的公主。所以,他将自己确信她是公主的情况上奏了。

战斗时不时进行着,但安娜斯塔西娅不知道这些。对伤员而言,冰雪季节是严酷的时期,伤口难以治愈。其间仓持也寸步不离安娜斯塔西娅，也就是说，他没能参加多少实际的战斗。军队内部对仓持的嫉妒变成了批评，势头颇大，让仓持烦恼。仓持是按长官命令跟着安娜斯塔西娅的，但在冒着死亡危险的军人看来，无论你如何通宵护理，与置身枪林弹雨的危险相比，只会觉得你懒于军务、轻松快乐得如同俄国姑娘。军队内部不断掀起处罚仓持、让他去看守仓库的呼声。

革命者的军力增强了，阵地上开始听得见炮声。日军没有外国的支援，须紧急撤至贝加尔湖畔的伊尔库茨克近郊布阵。命令来得突然，行动马上开始。而且日军马少，雪橇用于运送物资给沿途补给基地，抽调不出来。大雪天列车也不能行驶。安娜斯塔西娅虽然身体好了，但国宾待遇的她也只能与部队一起步行。

"也许是艰难的行程，不过伊尔库茨克也有医院。去那边可以一心一意治疗了。"

仓持对安娜斯塔西娅说道。

隆冬之中，安娜斯塔西娅再次披上毛毯，进行漫长的艰苦行军。她若一个人走还好，但此刻已怀孕；而仓持背着重装备，不可能在此之上再背着安娜斯塔西娅。他充其量只能牵着她的手，激励她往前走。

安娜斯塔西娅的体力，比与白军一起出逃时恢复得好。但是，零度以下的寒气，很快就把她的身体推向病态。在连鼻梁都能高高堆起积雪的暴风雪中，安娜斯塔西娅踉跄前行，当她坐倒在地上时，仓持抱她起来。因为风雪声很大，所以他大声喊道：

"来呀，安娜斯塔西娅殿下，站起来！我们一起来建立西伯利亚王国吧！"

听了这话，安娜斯塔西娅才勉强迈开步子。

这段时间的仓持时不时就这样说。这说法也反映给军方高层了。建立从阿穆尔河到贝加尔湖的广阔的西伯利亚王国，这里原是您的国土，为了不完全失去这里，要先在东方建立罗曼诺夫家族的据点。有朝一日卷土重来，这里就是立足之地。日本政府会在背后支持。首位沙皇由您或者您的儿子即位即可。首都就选赤塔或者伊尔库茨克吧。在贝加尔湖畔建立叶卡捷琳娜宫。

"叶卡捷琳娜宫？"

安娜斯塔西娅问及时，仓持说对，那是全世界最美的宫殿。"在罗曼诺夫皇室的众多宫殿之中，我最喜欢它。"从前日本的船员大黑光太夫漂流时，被俄国人救起，被请到这所宫殿来谒见叶卡捷琳娜二世。这所宫殿象征着俄日友好。仓持热情地谈论着理想。

"那种事情有可能吗？"

当安娜斯塔西娅这样问时，仓持答道：

"日本的天皇已经认可了，将在东边建立罗曼诺夫王朝的独立国家，与西边新政权对抗。德国也好、英国也好，肯定会承认这个国家。因为这里有来自您母亲血缘的王室嘛。

"我国当然也会承认。并且与我军一起组织起的沙皇军队，终要攻入西面的。若能与捷克或英国的联军共同策划夹击，足可夺回圣彼得堡。为此，这里是我们成功的起点。所以，安娜斯塔西娅殿下，为了那一天，你不能在这种地方倒下，全靠您了。我们有远大的梦想，要为了那一天而竭尽全力！"

雪橇在铁路沿线的日军阵地卸下物资后，空了下来，安娜斯塔西娅得以躺在雪橇上，终于轻松了。仓持在雪橇上拉上车篷，可以防风雪，安娜斯塔西娅甚至可以睡觉了。

"克拉莫赤！克拉莫赤！"

安娜斯塔西娅难受时，就一个劲地大喊他的名字。每逢此时，他就跑过去，护理、照顾服药、处理呕吐、抚背，等等。

行军持续了三天三夜。暴风雪之夜，体力衰弱者有冻死的危险，为此仓持在安娜斯塔西娅的帐篷中，抱着她入眠。因为东京方面有指令，要求安娜斯塔西娅活着并平安生下孩子，所以仓持的做法是获得默许的。

没有涂抹任何化妆品，仓持却感觉鼻尖前的安娜斯塔西娅的头发散发出好闻的香气。但是，他没有碰她的肌肤一根指头。

尽管仓持已经千方百计维护，雪中行军仍使安娜斯塔西娅的病情恶化了。因为发烧、意识混乱、抵抗力和血液循环衰弱，她四肢末端部位出现了严重的冻伤。

但是，在半生半死中她熬到了伊尔库茨克郊外，这里有日军接管的医院。安娜斯塔西娅被直接运来，住院治疗。她严重恶化的病情，终于在拥有充分医疗设备之处获得了真正的治疗。

由于医院里听不见炮弹的爆炸声，住院者精神上放松下来。不久冬去春来，病情时好时坏的安娜斯塔西娅与融雪的同时开始好转，眼看着日渐痊愈。从每天只能走一点点路，到风变暖的时候，已经恢复到可以散步了。但是，那阵子腹部已明显隆起，另一种苦涩折磨着她。

身体情况好时，仓持要安娜斯塔西娅走到附近的安加拉河，作为步行练习。快到夏天，已好转的她感觉身体很棒。在天气很好的日子，仓持就从部队借出小艇，载上安娜斯塔西娅划到贝加尔湖。河上既没有民间的船，也没有军队的船，悠闲自在，令人难以想象身处战时。

那种时候，安娜斯塔西娅便像少女般欢闹。传说四名公主之中,她是最爱闹的,应该是真的。

贝加尔湖浩渺无垠,简直像大海一样。而且湖水很特别。从安加拉河划进湖里,就感觉到水异样的澄澈,随着划进湖的深处,从艇边可以看见深水里的长长水藻在摇曳。

"湖水好清啊!从上往下看湖底,仿佛我们是飞翔在天空的大雁!"

安娜斯塔西娅用咏叹调似的德语说道。

"贝加尔湖是世界上第二透明的湖。"

仓持说道。

"那第一是哪里呢?"

安娜斯塔西娅问道。

"是我国的摩周湖。摩周湖的湖水,在晴朗的日子可以看穿四十米以上。"

"太棒啦!好想去一次那里!我也像这样在那个湖上泛舟,比较一下透明度。"

"好想法。"

"我想了解克拉莫赤的国家。您可以说说吗?"

安娜斯塔西娅说道。

"我的国家吗?您没听令尊大人说过?"

"说过一点。像到了春天,会盛开许多漂亮的白花。"

"那是樱花。"

"对,樱花。那种花全国都有吗?"

"都有。"

"据说父亲抵达九州港是四月份,赏花稍迟了一点,没看见多少。"

"樱花很快就会凋谢。那种花是日本独有的,这片土地上没有。樱花开得最集中的期间很短,盛开的时间最多一个星期。"

"确实,挺短的。"

"很短。但是,开花的期间很美。满树淡红色的花,几乎看不见树枝。在遍植这种树的土地上,到了春天开花时节,美得几乎成了仙境。您一定要亲眼看看。"

"请一定带我去您的国家。"

"假如有那么一天的话。"

仓持说道。

"说定了呀。"

"您总有机会见到我国天皇的,所以,那一天肯定会到来。"

"听我父亲说,日本天皇是一个亲切和蔼的人。"

"对呀,他们见过面的。"

"父亲说,他在日本被暴徒袭击,在京都的酒店里静养的时候,日本天皇来探视过。"

"是吗?那是上一代天皇啦。"

那是明治天皇。仓持接着想了一下,然后下了决心,问道:

"令尊大人对日本的印象坏吗？"

安娜斯塔西娅吃惊地看着仓持，说道：

"为什么？因为被暴徒袭击了？"

"对。令尊大人被刀砍伤，额头上有大伤口。而且，那名暴徒是在旁警卫的警官，我国政府太丢脸了。"

安娜斯塔西娅摇头，说道：

"不，那种话他一句也没说。哪里都有坏人，哪个国家都是。据他说，日本人民都很亲切、友好，从心底里向他道歉。他还说，这个国家的中央有一座美丽的高山，这是一个天国般美丽的国家。他对我说，自己还想去，也想让我看看那个美丽的国家。"

"啊啊，是真的吗？如果他真的那么说了，我是多么高兴啊！"

仓持说道。

"当然是真的，为什么要怀疑？所以，即便我在日军阵地上，也没有丝毫不安。这是父亲赞扬过的国家，所以我也能够信任您。"

"对我来说，俄国是长久以来向往的国家。圣彼得堡也是，叶卡捷琳娜宫也是，您也是。"

"真的吗？"

"当然是真的。所以，如果我能够在这片土地上帮助建立您的王国，我愿将自己的一生奉献而绝不后悔。为了在此建立新国家，我欣然奉献生命。然后长眠在这里，在您的这片土地上。"

"沙皇也会很高兴您这么说的。"

"有学者说，贝加尔湖畔的这片土地，是日本人的故乡。"

"是这样的吗？"

"据说从前生活在这里的布里亚特人陆续从桦太进入日本，成为了日本人。"

"是这样啊。"

"所以，长眠在这块土地上，我没有任何不安。这里是日本人的故乡。我这阵子一直在思考西伯利亚王国的事情。我希望它是全世界人民向往的国家，因为它是您的国家！为此该怎么做呢？建立怎样的城市？国会大厦、王宫、旗帜……"

"您说'旗帜'？"

"对，国家的旗帜。描绘整个湖的旗，怎么样？"

仓持说道。

"把这个湖？弄到旗上？"

"对呀，没错！这个湖有个弯月的形状特征。那姿态仿佛躺着的女性，有点儿令人联想到您。而这里是欧亚大陆屈指可数的大湖。而且这里形成了裂缝似的地形，那边就储蓄了水，中间最深处达一千六百米以上，是世界第一深度。再加上水清程度在世界数一数二，鱼类也丰富。景色又是这般风光无限。这样的湖是绝无仅有的。"

"是这样吗?"

"对。贝加尔湖正是您的新国家的象征。'贝加尔'这个词,是古代雅库特语,意思是丰富的鱼。在这个湖和周边的河里,有许多鲟鱼、鲑鱼、鳟鱼,等等。还有许多珍稀动物在此繁衍生息,例如贝加尔湖海豹、贝湖鱼,等等。"

"哈哈,那些动物可爱吗?"

"可爱嘛……嗯,应该说是可爱的吧。"

仓持说道。

"那么,我的国家的旗帜上,也放上动物的图案吧,作为王国的象征。"

"噢噢,好想法!到了俄罗斯帝国复活之时,这面旗帜就作为西伯利亚自治区的旗留下来。"

"那可好!"

安娜斯塔西娅笑了。这一瞬间,仓持瞠目而视。她发自内心的笑脸,此刻终于体现了她的心情。在所有意义上,这笑容都令人感动。仓持有生以来第一次近在咫尺看高贵女性的笑。那是多么可爱呀。美好、华丽之类的言辞,都与之不同。硬要用词形容的话,是别致而极无常。仓持感动之极而叹赏:这才是真正的贵族啊。

"虽然是自己的国家,但我一无所知。家庭教师教我的,只有语言、礼仪和跳舞。此刻听了您的话,学习了很多。在宫里的我，究竟干了什么事情啊。"

"我是现学现卖的。都是这阵子学习的内容。"

"不，像这样看着眼前风景就能说一番话的，才是真学问。"

然后，两人眺望着湖的周围好一会儿。左边是陡直的悬崖、屏风般的山地。岸上吹来的风带着植物的芬芳。

"我觉得那片高地适合建宫殿。那样的话，在这里划船的人、捕鱼的渔夫也能看见。水面倒映着王宫。如果劈开前面的山丘建一条通往宫殿的大路，从铁路和城市也能看到了吧。然后，在这个湖的周围，建几个像圣彼得堡那样的美丽城市，城市规划都是精心设计的，政府建筑群安排巧妙，成为人民喜欢的、画一样美的城市。"

"在王宫附近建一所美术馆吧。展示母亲收集的绘画作品和中世纪的银餐具、家具。"

"好啊，那样的话，这里就可以呈现一个伟大的故事国度啦。"

"故事国度？"

安娜斯塔西娅显得不解。

"是的。能展现俄国特有光辉的是众多的民间故事。凄婉而美丽的北方故事。在决定卖掉女儿的穷人家积雪的窗台上，放下装有金币的皮袋子的圣人的故事；追逐一个不停地滚下坡的皮球，不知不觉中旅行了全世界的少年的故事；因身上没带东西送给街边流浪者，紧握着流浪者双手的诗人的故事。这些就是俄国。在温暖的壁炉火前说起从前的故事，这就是我向往的俄国。假如那个国家现在陷于贫寒，就让我们在这里、在这美丽的东方之湖的湖畔建一个新的、纯粹的俄国吧！有美丽的湖光山色，冬天有雪，这么一个地道的俄国，人们一定会从西边聚集过来。他们见到这神秘之湖，又将产生新的民间故事吧！"

"太棒啦。克拉莫赤，多棒的事情啊！您是诗人，克拉莫赤。您就当我国的首任文化大臣吧！"

安娜斯塔西娅说道。仓持笑了。

"感谢您这番话，但我不能接受。"

"为什么呢？"

"因为我不是那块料。如果我能充任您王宫的一名卫兵，就足够了。而如果有机会让您听听我的梦想，那就满足了。"

"克拉莫赤。您为什么那么谦虚呢？"

"我就是一名士兵，迄今也没有大的作为。不是一个建功立业的人。好了，我们回去吧？水上对您身体不利。"

"等一等，克拉莫赤。您必须对自己有更大自信。您的外语很好。我头一次看见德语这么好的日本人。"

"我只是在学校成绩好而已。可作为军人,我不过是个凡人。"

"您为什么那样说?我全指望您啦。"

"实在感激不尽。但是,这样的情况总会结束的。"

"为什么呢?"

"因为会出现适合您的男性。为了那一天,我得练习忘掉您。"

仓持说道。

"克拉莫赤,您有恋人吗?"

安娜斯塔西娅问道,仓持点点头。

"在国内有订娃娃亲的人。"

安娜斯塔西娅无言。想了一下之后,她问:

"是个怎样的姑娘?"

"怎么样……我也不清楚。我们只见过一两次。是镇上杂货店店主的女儿……"

"您爱那位姑娘吗?"

"我不知道。是父母定的。只是脾性挺好……"

"日本人跟一个只见过一两次的人,就要定下终身的婚姻大事?"

仓持点头,说道:

"但是,你们宫里不也是这样吗?我听说,跟父母定下的人跳一两场舞,就决定婚嫁了。"

仓持猛地一惊,安娜斯塔西娅的脸色变得煞白。他连忙这样说道:

"我说得太唐突了。因为惯熟无拘,就不顾身份说了失礼的话,请原谅我。"

"不,我不原谅。"

安娜斯塔西娅干脆地说。仓持一看,她的表情严峻起来。仓持脸色苍白:

"实在太失礼了,非常抱歉。"

"您到近前来。"

安娜斯塔西娅命令道。

"您是要责打我吗?"

仓持问道。

"您坐在这里。"

安娜斯塔西娅用戴白手套的右手指指自己膝前。仓持胆战心惊,遵命坐下。这时,安娜斯塔西娅这样说道:

"克拉莫赤,我允许您吻我。"

仓持张口结舌。

"您说什么?"

"别让我一再重复。快做。"

仓持非常吃惊,心想是安娜斯塔西娅脑子不好、发疯了吧。身为女子竟然说出这种话。如果是日本女人,最下层的卖身女也不会说吧。

"请原谅。"

仓持低头致歉。

"是对您国内的订婚对象有愧疚感吗?"

"不是,那种事……但是,我……"

"有经验吗?"

"没有。"

"这得由男人来做。我就这样闭上眼睛,您的脸挨着这里。"

"不,我怎敢……"

"您做不到?"

"虽然您有令在先,但我不敢太无礼。"

"这并不是可耻的事情。"

"我……"

"快做!"

被训斥之下,仓持胆战心惊地挨近脸去。

"是这样吗?"

安娜斯塔西娅闭着的眼睑就在眼前。

"是的,再挨近点……噢,不行。那样的话鼻子要相碰了。要避开鼻子。然后您的唇挨近我的唇,贴上去……啊!"

贴上的瞬间,安娜斯塔西娅抱住了仓持,然后慢慢躺到了艇底。然后两张脸分开了,两个人好一会儿拥抱着,躺在艇底。

"噢噢,我坏事了。我喜欢上安娜斯塔西娅殿下了!"

仓持喊叫道。

"我这是干了什么呀!"

他叹气道。

"啊啊,这个大肚子好可恨!在这种时候,我身上竟有您以外的、其他人的孩子,是多么可悲的事情!真想把它弄出来扔掉。"

"从今以后,我一辈子都不能忘记您了。我有生之年,都必须在思念您中度过!多么难受啊。这是难受的事情。啊啊,那是多么难受的事情!我不想这样子的呀。"

"肚子里有了其他人的孩子,同时爱上了别的人,作为女人,没有比这更不幸的了!"

两人痛切地哀叹自身。

"安娜斯塔西娅殿下,您真的喜欢我这种人吗?"

"嗯嗯,喜欢。我爱您。全靠您我才活着。我带着感激之情,比谁都更深地爱着您。您又如何呢?"

安娜斯塔西娅问道。

"我对您的感觉,自是不必问的呀。"

仓持说道。

"您要正式回答。"

安娜斯塔西娅命令道。

"我爱您,我愿意为您豁出这条命。此时此刻,我就可以为您而死。"

"噢噢,我很高兴,克拉莫赤。"

"然而,这种爱情,不知何时就要结束的吧。"

仓持说道。

"为什么？克拉莫赤。不会结束的。您绝对不要离开我身边。好吗？"

"当然。"

"那么，就不会结束。"

"可我是帝国陆军的军人。我害怕上层下令让我离开您。"

"我不允许发出这样的命令。所以，您不要离开我。我们说好了，行吗？然后，您把我带回日本。请让我看看樱花和富士山。好吗？"

"我明白了。"

仓持被安娜斯塔西娅摁在身下说道。

4

安娜斯塔西娅住的病房，窗玻璃淌着雨水。这是下雾雨的夏夜。真正的子宫收缩尚未开始，但定期性的前驱阵痛到来了，这时候的安娜斯塔西娅额头冒着汗，咬紧牙关忍受着。

军医已向安娜斯塔西娅解释了后面会发生什么事情。看来她也紧张起来了，不让仓持片刻离开左右。日本的女人要临盆时，传统上都与丈夫分隔开。其理由与羞耻心有关，但安娜斯塔西娅是西方女子，似乎这种时候更需要男人在身边。仓持拿了一张椅子放在安娜斯塔西娅床边，坐在那里。一整天握着她的手，成了仓持的工作，但他既非她的丈夫，除了接吻之外没做过其他任何事情，所以感觉气氛不可思议。

沙皇一家全部遇害的说法，也在日军内部传开。根据传言，安娜斯塔西娅本人也遇害了，所以，这位安娜斯塔西娅乃假冒之说，在军内也涌现了。但是，仓持知道她是真的，所以怀疑沙皇遇害也有可能是误传。为此，他对安娜斯塔西娅只字不提。安娜斯塔西娅自己也什么都没有听闻。

那个晚上，仓持离开安娜斯塔西娅的床边好几个小时。他晚饭后就被叫走了。安娜斯塔西娅看着昏暗的窗户淌着水滴，忍受着痛楚和不安。

过了很久，仓持跑回病房来。还没坐下就急忙说：

"安娜斯塔西娅殿下，我们被敌军包围了。"

"被敌军？"

仓持点点头。

"是的。上个月投降我们的白军也已经耗尽力气了。今天也有其他白军部队加入，全都是伤兵。"

"那里面有叫米尔科夫·伊扎切科的人吗？是个将军。"

"不，没有那样的人。"

"是吗？那我们怎么办？已经没希望了吗？"

"不，安娜斯塔西娅殿下……"

"克拉莫赤，我们一起死吧。"

安娜斯塔西娅忍受着痛苦，盯着仓持，断然说道。

"不，安娜斯塔西娅殿下，还有办法的，请活下去。"

"什么办法？"

"日本。安娜斯塔西娅殿下，我们一起去日本吧。"

安娜斯塔西娅一边用白手帕拭去太阳穴上因阵痛冒出的汗水，一边吃惊地问：

"去日本？"

"是的，明天天亮前离开这里。已经没有时间了。"

安娜斯塔西娅摇摇头。

"我是不行了。无论是什么情况，我已经很虚弱、动不了了。因为阵痛已经开始了。听说日本很远，要经过漫长的火车和轮船的旅行，孩子出生之后还好说，现在的我实在经受不起。反正是一死，就在这里……"

"安娜斯塔西娅殿下，我希望您咬牙振作！日本政府承认您是真正的公主殿下了。政府也好、天皇也好，都想尽快与您会面。政府已经下达了最高指示：无论用什么办法和手段，都要将安娜斯塔西娅殿下平安带回日本。"

安娜斯塔西娅沉默了。仓持说道：

"我们可以看樱花和富士山了。我带您去令尊大人住过的箱根富士屋酒店。"

"能这样的话，该有多好啊，克拉莫赤，可那是行不通的呀。我马上就要生了。因为前驱阵痛，我连这样说话都很辛苦。与其徒劳地努力，不如干干净净地死掉吧。请您命令士兵烧掉我的尸体。我不希望我的身体成为玩物。"

"安娜斯塔西娅殿下，您不能死。"

"克拉莫赤，去日本要花好几天吧？"

"不用好几天，一天就能到达。"

"不用一天？怎么去呢？"

"搭飞机。"

安娜斯塔西娅瞪圆了眼睛。

"您说搭飞机？我听说那么危险的机器还在研究之中呢。首先，哪里有飞机场呢？"

"有贝加尔湖。用飞艇的话，可以降落在贝加尔湖上。"

"飞艇？"

"是巨大如一所宫殿的、梦幻般的飞艇，是集中了现代航空技术最高成果的空中军舰，完全符合罗曼诺夫王朝的安娜斯塔西娅殿下的身份。今晚半夜，那艘飞艇将从德国飞来。"

"您说是在空中飞翔的军舰？我迄今都没听说过有那种飞机呢。"

"这是德国的国家机密。世界上也仅有相关的航空技术开发人员知道而已。我们向参与开发的德国人士说明了安娜斯塔西娅殿下的窘况，请他们协助运送事宜。"

"可那种交通工具可行吗？简直就像神话故事一样。那是真的吗？"

"当然是真的呀！在德国制造出来了。我也听说过，但不知道现实中已经有了。只制造出唯一一架样机。我国政府买了下来，就为了将安娜斯塔西娅殿下和俄国白军绝密地运往日本。到达时，日本应该是半夜了，我们一抵达，马上炸毁飞艇。"

"为什么呢？"

"如果这样的巨无霸飞机留在日本，必定在民间引起骚动。因为日本的飞机都是小小的，跟风筝长了毛差不多。这么一来，国内外的间谍就会打听到，曾经有过大型空运事件，而我们现在还不想让全世界知道，安娜斯塔西娅殿下已进入我国，要保密直至西伯利亚王国建国的那一天。我们也要求飞艇的制造企业严格保密。"

安娜斯塔西娅惊讶得说不出话来。

"所以，也请您在这件事情上保密。无论今后发生什么事情。好吗？"

"我明白了。我保证，克拉莫赤。您的姓名，我也绝不对人说起，直到好日子到来的那一天……那白军士兵呢?为什么要运?"

"这是军事上的秘密,我也不知道。但是,可能跟准备建立西伯利亚王国有关。是为了联合演习吧。"

"飞艇从德国飞过来吗?"

"对。不用多久就到了。机身上已经漆上了罗曼诺夫家族的家徽。飞艇在这里加油和准备,装够必需的燃料之后,明早趁天未亮,载上我们飞向日本。大型飞艇到来的事情,也不希望周围的人知道,飞艇在贝加尔湖的时间仅仅几个小时。"

"日本军队安排得这么细呀?"

安娜斯塔西娅忍着阵痛,说道。

"这次绝密行动事关我国的威信,不能失败。要使用一切手段,严格保密。所以,您肚子里的孩子,希望是在日本生下来。"

仓持说道。

"为什么呢?"

安娜斯塔西娅问道。

"这是为了西伯利亚王国。这样的话,孩子是日本国籍的。"

"是这样吗?"

安娜斯塔西娅惊呼一声。

"国际上新的规定吧,主张以出生地为准。"

"那么,这孩子将成为日本人?"

仓持点点头:

"虽然与日本政府的传统思维方式不同，但确实是那样子。这么一来，这个孩子也就同时拥有就任西伯利亚王国王位的资格了。"

这时，安娜斯塔西娅的表情沉了下来，好一会儿沉默不语。仓持继续说道：

"推举合适血统的父亲。从德国、丹麦或者英国王室招聘有身份的男性……"

安娜斯塔西娅打断仓持的话，语气严峻地说：

"那是不允许的。不能让颠覆了政府的人的孩子继承神圣的王位。沙皇陛下也会生气的吧。"

仓持听了，陷入了沉思。然后，他说道：

"我明白了。这孩子在日本出生的事，是日本政府介入的正当理由，但安娜斯塔西娅殿下的看法，现在我明白了。既然这样，这孩子继承西伯利亚王国王位的事情就作罢。"

"当然。"

"我会这样上奏的。但是，不妨让这孩子在日本出生吧。让孩子作为一个普通日本人在我国登记，以后与安娜斯塔西娅断绝一切关系就行。关于孩子的将来，就由在日本的我负责。孩子出生之后在日本抚养长大，作为日本人度过一生，与安娜斯塔西娅殿下没有关系。安娜斯塔西娅殿下离开日本和孩子，返回这里就行。这样的话，以后跟孩子就没有交集了。"

安娜斯塔西娅沉默着，表情悲戚。

"您如果生下那孩子、待在这片大陆的话，必定出问题。在岛国日本生孩子是最上策。"

"敌人的军队呢？"

"已经迫近。我们没有外国军队的支援。美国军队和英国军队都已经撤走了。"

"天啊，这可怎么好！"

"我们的援军正在赶来，但是，会有一场大战吧。我们必须在此之前逃出去。殿下动不了，但我绝不会把您交给敌军。现在只有这个办法了，请您配合吧。"

"我明白了。"安娜斯塔西娅说道，然后，又补上这么一句，"飞机栽下来的话，死也就是一瞬间的事吧。"

点燃了火把的三十来艘大型手划艇溯安加拉河进入贝加尔湖。每艘艇上都载着伤兵。这三十来艘艇燃烧着火把一字排开，引导飞艇在水面着陆。

雾雨下个不停，一艘小艇上撑开着两把雨伞。雨伞下是盖着防水布的安娜斯塔西娅，她躺着，忍受着越发厉害的阵痛。士兵们在划艇，仓持一手举伞，坐在安娜斯塔西娅身边，另一只手紧握着她的手。

因为雾雨的缘故，贝加尔湖被一片雾霭笼罩。

起初什么也看不见,但随着小艇划向前,士兵们发出了低低的喧哗声。听见嘈杂声,仓持也抬头前望。他顿时也瞠目结舌。日本士兵是禁止表露个人情感的,但他们都无可抑制地发出低低的声音。

浓雾之中,慢慢呈现一个庞然大物。它大得那么异样,简直就是一座小山,或者浮动的宫殿。它的一个个舷窗亮着黄色的灯光,在夜雾中伸展开黑乎乎的艇翼蹲踞着,看上去实在不像一架飞机。它仿佛噩梦中出现的巨鸟怪物,或者以仓持所知,接近于一艘军舰。

随着飞艇接近,黑影巨大无比,如山崖般矗立。一切恍如梦中。前端明明是船的形状,但背上载有翼翅。如此巨大的物体将飞到天空,令人一下子难以置信。

巨大的飞艇丝毫也不摇晃,如同湖中新出现的小岛。天盖般的巨大翼展下,搭乘了安娜斯塔西娅的小艇笔直地驶了进去。艇身可见双头鹰的家徽。

艇身的舱口打开着,穿水兵服的人下到舱口下的浮筏形踏板上,向这边招手。在小艇士兵的火把照耀下,飞艇艇身的金属闪闪发亮。

小艇停靠在踏板上,在水兵抓住小艇边之时,一名日军士兵过到踏板上。仓持按照对方的手势,扶着安娜斯塔西娅站起来,他将雨伞交给桨手,努力站稳马步,将安娜斯塔西娅交给踏板上的同僚。

离开了雨伞，脸颊、头发都暴露在雾雨之中。安娜斯塔西娅伸出手，由踏板上的日军士兵引领着从小艇转移到飞艇。她靠在日本兵身上站着，带着一丝不安的表情，回头看后面的仓持。她的眼神表达了"赶快过来"的意思。仓持也提着行李箱急急转移到踏板上，搀扶着安娜斯塔西娅步入艇内。

　　飞艇内部也让待过伊尔库茨克老医院的人吃惊。通道简朴，但里头有台阶。样子像客轮。专供安娜斯塔西娅使用的船室有正规的门。室内贴有花纹的壁纸，墙壁上甚至还挂着小小的风景画框。圆窗前垂着粉红色纱布做的花边窗帘。分别有一张窄窄的藤床和沙发，为了预防躺在床上的安娜斯塔西娅因摇晃掉下床，上半身和下半身的位置甚至预设了两条安全带。沙发上也有安全带。这些家具和画框一样，都用皮带固定在墙壁上或者地板上。

　　仓持将安娜斯塔西娅的行李箱塞进床下，用绳子紧紧绑在床脚上，使之不能动弹。他对飞艇的摇晃程度做了充分预计。

　　安娜斯塔西娅的阵痛变得越发有规律了。真正的宫缩到来，也只是时间问题了。但是，这队人里头没有军医。因为伊尔库茨克一带马上就要发生激烈的战斗，不能因为替安娜斯塔西娅着想就把军医带上回日本。若面临生产，也只能由在医院帮过忙的仓持来处理了吧。仓持向老天祈祷：千万不要这样啊……

距离准备从水面上起飞还花了不少时间,因为大批士兵的小艇排着队,登上飞艇。眼看安娜斯塔西娅又阵痛了,她额上渗出油汗,紧咬牙关,说不了话。

"是阵痛吗?"

仓持问时,安娜斯塔西娅闭着眼睛,没有任何表示,只深深地点了一下头。仓持拼命拭去她额头冒出的汗珠。然后,按照她的意思揉背、揉腰。但仓持不知道,这样做是否真能缓解安娜斯塔西娅的痛苦。他觉得,安娜斯塔西娅身上各处受的伤——从头部的算起,都使她的痛苦更加深重。安娜斯塔西娅不说一句话,咬紧牙关,使劲握着仓持的手。

不久,撼动世界的轰鸣声使整架飞艇震颤起来。轰鸣声持续,安娜斯塔西娅害怕了,抱紧了仓持。一位名叫笹森的长官进来,告知发动机已经点火。

笹森在沙发上坐下,系好了安全带。他命令仓持也到身边来,照样子做。

艇体剧烈震动,随后变得平缓了,不久就觉察不到了。轰鸣声慢慢变得高亢,渐渐听不见了,只留下了紧张。

忽然察觉到从窗帘缝隙间可见的、雾雨中的湖面在缓慢后退。是飞艇开始滑水了。仓持注视着水面,目不转睛。水面的移动渐渐加快,速度在加快。但是,那充其量是船舶的航行速度,以此速度实在不觉得它能飞起来。飞艇巨如宫殿。

"不要紧,会飞起来。"

仿佛看穿了仓持的不安,笹森说道。然后,他无所谓地笑笑说:

"我们雇了德国民间航空的头号飞行员。既然如此,也就全看他的啦。人生死有命啊。"

仓持也点点头,横下一条心。看向安娜斯塔西娅时,她背对着这边,一动也不动。仓持担心起来:她不会死了吧?

飞艇速度加快,震动又出现了。震动渐渐变得更厉害,到处都发出嘎达嘎达的声音。此刻飞艇全身震颤,全力以赴了。窗外一片白色水雾,什么也看不见。

漫长的滑水。仓持心想,这回载了太多人了。这样子起飞可就难了。他好几回心想,发动机已经尽力,驾驶员放弃起飞了吧。他确信,驾驶员会走到这个船室来,要求减少一些人。

他偶然望向窗外,这时,水雾消失了。而且没有水面了。飞艇飘在空中了!

"起飞了。"

仓持嘟哝道。

"看来是吧。"

笹森也说道。

飞艇冲破雾雨,昂首飞升。仓持又被感动了:真了不得啊。

"德国的技术真了不起啊。"

笹森说道。等飞行稳定下来,他解开安全带,站了起来。然后他对仓持说道:

"好好照顾她吧。"

他只说了这么一句,就打开门,走出通道。

飞艇进入云层,又摇晃起来。似乎雨云中的气流不好。但是,飞到云层之上时,一下子安稳下来了。窗外圆月清辉、繁星满天。巨大的飞艇就像滑行在绵羊毛般的白云上,一路飞向日本。

云海深厚,此刻不知飞行在何方。但是,在飞抵日本上空前,一直平稳顺利。

仓持看护得累了,在沙发上打盹。他一下子醒过来时,窗外已是阳光灿烂,天亮了。

挨近圆窗一看,没有一丝云彩的蓝天上,伸出了灰色的巨型飞艇翼翅。翼翅上排放着一列小房子似的巨大发动机,气势磅礴地转动着前后的螺旋桨。仓持又叹服了:用这样的设计,就使这艘巨舰在高空中飞翔了!

之后的飞行很稳定,几乎没有摇晃。水上起飞那样的发动机震动也好、竭尽全力似的轰鸣声也好,都没有了。但是,安娜斯塔西娅一直是很难受的样子。似乎阵痛之外,还伴有剧烈的头痛。也许有气压低的原因吧。有时候,她难受得要满地打滚,时不时呕吐。然后她终于哭了出来，说死了算了。她哭喊着：为何百般折磨自己，只为生下一个根本不想要的孩子？令人诅咒命运！可以的话，希望此刻马上杀死自己！她哭喊的声音被发动机响声抵消掉了。

就这样嚷嚷着，痛苦稍缓时，哭喊累了的她随即陷入短暂的睡眠。这时候仓持也稍微睡了一下。狭窄的船室有时会充满呕吐物的难闻气味，但随即就消散了，似乎有排气的缝隙。飞艇内有厕所，有洗涤槽，可将呕吐物弃置在那里。

食物只有硬面包和炖菜，以及水。仓持能吃下去，但安娜斯塔西娅完全不能接受。她能咽下去的只有水。就这样，一天过去了。

晴朗的蓝天再次暗了下来。日落月升，开始看见星空。安娜斯塔西娅脸色苍白，但总算入睡了。飞艇也该飞越日本海了吧。

有人敲门。打开一看，是笹森。

"马上就飞过日本上空。"

他说道。

"预定在芦之湖降落，但箱根周围有雷雨。我们要在倾盆大雨之中降落了。"

"是。"

仓持应道。

"这情况虽然便于秘密运作，但时值深夜，下着暴雨，且有浓雾和大风，水面着陆极为困难。加上芦之湖狭窄,不像贝加尔湖——明白吗?"

"明白。"

"这是本次行动最难之处,但已经不能回头了。看情况也有可能失败。您得有思想准备。"

"好的。"

"早点吃晚饭,消化掉。量别太多。"

"明白。"

然后,笹森又不知去哪里了。

晚饭后没多久,艇体大幅度摇晃起来。并且好几次"咚、咚"地往下掉。接着,艇体,尤其是窗子周围嘎达嘎达震动,时左时右地倾侧。安娜斯塔西娅每逢倾侧便发出惊叫。

仓持望向窗外,只见一片雪白。是在云中。窗外突然闪过炫目的光,照亮了所有的云。进入雷层了。飞艇下降了高度。眼看着,窗外一下子变暗了,仿佛波浪冲撞过来似的,雨粒猛烈敲打着窗子。"哗啦、哗啦"发出玻璃碎裂般的声音。飞艇飞入大雨之中了。是在云层下。云层下面是倾盆大雨。附在玻璃上的水滴呈细线状散射。巨大的飞艇摇摇晃晃,一再下降。

发动机又开始呻吟了,它抗击着强风暴雨。但是,巨大的艇身也被强风所摆布。挨近窗户看上方的翼翅,只见蒙在翼上的布随风呼啦呼啦飘扬。某处的闪电间歇地掠过，照亮天空。

因为房间大幅度上下摇动，安娜斯塔西娅不住地发出惊呼。她抓紧了床，一只手摸索着安全带。"克拉莫赤、克拉莫赤！"她拼命喊着仓持的名字。

雨水敲打着窗户。雪白的烟雾下，看得见神往的日本城市的灯光。虽然贫穷，但那是和平的、养育自己成长的城市的灯光。一道闪电掠过，眼底下一瞬间出现了像是富士山的、巨大的山影。仓持见了，马上跑回安娜斯塔西娅身边。

"安娜斯塔西娅殿下，绑上安全带，躺下！"

仓持喊道。发动机的声音、风声、雨打窗户声、时不时的雷鸣、艇身不断发出的吱吱声——两人置身这样的轰鸣之中。

"克拉莫赤、克拉莫赤，不必了、安全带不必了！"

安娜斯塔西娅也喊道。

"为什么？"

"不如您抱紧我！"

安娜斯塔西娅搂紧了仓持的胸口。仓持抱紧了她，她便由他抱着。也许是害怕吧，她的身子在颤抖。

大大的腹部处于二人之间，身体贴近时，能感受到另一个生命在里面蠕动。那一瞬间，仓持不可思议地对这个新生命感到了强烈的爱。

飞艇继续大幅度摇晃。仓持由安娜斯塔西娅紧紧搂着，在床上坐下，用空出来的左手摸来两条安全带，左右手各一条拉紧了，支撑着两个人的身体。

"克拉莫赤，您昨晚为什么说那种话？"

安娜斯塔西娅在他耳畔问道。

"'那种话'是什么话？"

仓持也问道。

"您说，要从德国或者丹麦王室找做我丈夫的人。"

噢噢，仓持想起了，但无法回应。假如要安娜斯塔西娅的孩子坐上王位，那样做是前提。如果皇后独身，她的皇子就得弄清楚是谁的孩子。

"您还说，自己待在日本，养育我的孩子。您打算让我独自一人吗？克拉莫赤，您不在乎我跟您以外的人结婚吗？不嫉妒吗？"

仓持无法回应。他并没有嫉妒的资格。

"是怎么回事，克拉莫赤？这艘飞艇也许就摔下去了。在死之前，告诉我您的想法！"

安娜斯塔西娅发出愤怒的声音。

"我的心情……"

仓持欲言又止。怎么说都像是辩解，他没有自信能说清楚。

"安娜斯塔西娅殿下，能站立吗？"

仓持问道。

"嗯？"

"从这里能看见富士山。我想让您看一眼。"

"那我站起来。"

仓持站稳马步,用全身力气撑着安娜斯塔西娅。等她站起来,就抱紧了,尽量移往窗边。这么一来,显出那是极苗条、瘦小的身躯。

窗边,大粒的雨点不断打来,如同浪花飞沫。飞沫嗖嗖地往后飞。这其中,闪电不断。安娜斯塔西娅忍受着摇晃,眺望窗下方。此时闪电又亮起,照射着富士山顶的残雪,近得令人吃惊。

"这就是富士山吗?"安娜斯塔西娅惊讶地问道,"真是形象分明、姿态优美的山啊。"

在风暴声和发动机轰鸣中,仓持喊叫着回答道:

"是的,安娜斯塔西娅殿下。这座山,自古以来就是日本人信仰的对象。对日本人而言,是一座神圣的、重要的山。我现在向这座山发誓:我爱您,比这座山还高、比贝加尔湖还深。如果失去了这份爱,我一辈子不会再爱其他女性了。"

于是,安娜斯塔西娅也喊道:

"克拉莫赤,我也爱着您!请您不要抛弃我。什么公主的身份,在这种时候又算得了什么呢!只要是为了您,我会抛弃一切。您要抱着我一辈子。您不在的话,我会死的。您明白吗?请记住。我会死的,克拉莫赤!"

"我明白了,安娜斯塔西娅殿下。如果我没有成为您孩子的父亲,我也马上来陪伴您!"

然后,仓持抱着安娜斯塔西娅,一起返回床上。

"您躺下,用这条安全带固定好,因为马上就要水上着陆了。不过不用担心,我在这里。"

安娜斯塔西娅又搂紧了仓持。仓持说道:

"噢,可怜的安娜斯塔西娅殿下,您还这么年轻,身上就背着这么大的责任,在重压之下发抖。为什么只有您要受这苦呢?如果是和平年代,此刻您正是在宫里刺绣、读书的年龄呀。"

"这是生为公主的不幸。"

仓持点头。

"没错,公主殿下。现在我也感受到了爱上公主殿下的不幸。您不是走在街上的平凡女性,而是肩负一国及其无数国民的命运的存在。也许今后您说话都身不由己了。我自己不用说,衷心希望能跟您共度一生。啊啊,那是我多么渴求的梦想啊!假如能够实现,我将欣然奉献我的生命。然而,世界潮流于您而言,也许要您走上违逆自己意志的命运。到那时,谁也阻挡不了。"

"可是克拉莫赤,您救了我。如果没有您,我现在就不会活着。在这个意义上,您拥有把我今后的生活置于自己之下的权利。"

"您的话真让我感动!但是,我救您本身,也许就是世界史注定的一个部分。是您的命不该绝于那里。"

安娜斯塔西娅沉默了。

"安娜斯塔西娅殿下,我出身于贫农家庭。因为父亲希望我参军,我就成了军人。但是,甚至直到现在,我还觉得自己不适合当军人。我就是这么个不成器、不长进的人。如果父亲不在了,我就会退伍,开一家杂货店——充其量这样而已吧。天生如此啦。假如世界潮流将您卷走,我这么个人也只能抽身退出。而我自己微不足道的人生,也因为曾经与您这段世界史相关,该满足了。"

安娜斯塔西娅被仓持紧紧抱着,她静静考虑着他的话。许久,她才说道:

"除了您之外的人,究竟谁可以当自己的丈夫呢?假如命运弄人、不可能跟您结婚,我这一生跟谁都不结婚。对我来说,那如同死了一样,不值得活。"

"呵呵,您的话太令人感动了!有了这些话,我已经毫无遗憾。就算此时结束生命,也已经赚了。"

摇晃减轻了,但飞艇有规律地倾斜飞行。仓持站起来,又再走到窗边。下方是雪白迷茫的世界,但是,在飞散的、白云似的水滴烟霭之间,可以望见平原般的黑色水面。是芦之湖。终于到了!黑色水面的中央,光的行列排成了一条朦胧的、白色的线。是水上着陆的目标!白线在眼底下缓缓转动。

"是芦之湖!我们到了,安娜斯塔西娅殿下!飞艇正在盘旋,把握目标。掌握了风向之后,很快就要水面着陆了。湖水上有一排指示灯。但是，水上着陆是最危险的！"

"跟您在一起，我不害怕。"

安娜斯塔西娅注视着仓持。

"请再靠近点。要死的话，跟您一起死。克拉莫赤。"

"太荣幸了，假如您肯跟我一起死。我随时奉献自己的生命。我将不惜生命保卫您。"

飞艇迅速降下高度。终于进入水上着陆态势。仓持挨近窗户。眼下是黑乎乎的山以及森林，它们在雾中瞬间闪现，随即飞向后方。巨大的飞艇掠过树梢，笔直冲向湖面。不时有闪电亮起。前方视线雪白，什么也看不见。

恶劣的视界。而且，横风使艇身不住地摇晃。但是，飞行员此刻果敢地发起挑战。排成一条线的灯光时而在左、时而在右，像钟摆似地摇晃着，慢慢迫近。

"进入水上着陆！关键时刻！"

仓持喊一声，回到安娜斯塔西娅的床上。他猫下腰，抓牢了安全带。安娜斯塔西娅又搂紧了他。

噼啪地敲打窗户的雨声变大了。发动机的呻吟也更明显。风变得更大。艇身被甩动着，大幅度摇晃。还有上下晃动。每次摇晃艇身都扭动着，发出嘎吱嘎吱的声音，仿佛马上就要解体。

"我不害怕,克拉莫赤!我们在一起!"

仿佛要挑战轰鸣声,安娜斯塔西娅又喊起来。

仓持两手拽紧了安全带,紧紧抱着安娜斯塔西娅。他咬紧牙关。不知要发生什么,无从预料。这样的经历前所未有。但是,一旦有什么事情,那就牺牲自己,保护安娜斯塔西娅。保护安娜斯塔西娅以及她腹中的孩子。这决心毫不动摇。仓持相信,只要有这样的意志,上帝一定会让自己的身体那么做的。

窗户外什么也看不见,一片白雾。仓持正想着,"砰!"一声巨响,船室震动。仓持抱着安娜斯塔西娅弹飞起来,几乎碰到天花板。是飞艇弹跳起来了。弹跳、再弹跳……但是,安娜斯塔西娅没有惊叫。仓持双目紧闭,只顾抱紧了。

"啪嚓、啪嚓!"这回波浪打在窗玻璃上。剧烈的震动持续。艇体左右倾侧。摇晃一直持续,一直、一直……似乎要永远持续下去了。但是,摇晃不久就平息了,然后变成了湖水荡漾般的平缓。

水面着陆成功!飞艇此刻漂浮在日本的芦之湖上。成功了!太棒啦!就在这样想的时候,从西伯利亚起就一刻不停的轰鸣声一下子消失了。寂静中听得见雨打湖水的声音、雨粒敲窗的声音,以及不时掠过的风声和雷鸣。是因为关掉了发动机。

"克拉莫赤,到了对吗?平安抵达,对吗?到了您的国家!"

安娜斯塔西娅喊道。

"是的,抵达令尊大人曾经停留的国家……"

但是,仓持已经说不出更多话了,因为安娜斯塔西娅把自己的唇使劲压在他的唇上。然后,使劲地拥抱又拥抱。过了好长时间,安娜斯塔西娅才缓缓分开,凝视着仓持的眼睛,用平静的语气说道:

"父亲保佑了我们。我丝毫也不怀疑这次的成功。克拉莫赤,我爱您。爱您如生命。所以,请您记住这一点,至死也不要忘记:如果被您抛弃,我就会死。明白吗?别忘了。如果您抛弃我,那就是我生命终结的时刻。"

安娜斯塔西娅去世的时候,我没能见上她最后一面,但在比较近的地方。二月十三日,我得知情况紧急,赶到夏洛茨维尔的玛莎·捷化森医院时,遇上了约翰·马纳汉,他正横穿过医院停车场走过来。他抱着一个探病送的那种情人节糖果箱子和一个装有二十五磅狗粮的袋子。我们在停车场前面的路上相遇。

"一切都结束了。"约翰说道,"安娜斯塔西娅死了。"

他虚弱地说着,流下了眼泪。然后,他缓缓地蹲下,哭了起来。他哭得一脸的眼泪和鼻涕。我也在旁边蹲了下来。

我们相对无言。他后来恢复了平静,说道:

"蹲在路中间不好的。"

约翰想尽早回到自家的犬只那里去。之后他就一直跟狗在一起。彼此都是老来结婚,没有孩子,所以这些犬只就像是两人的孩子一样。约翰时刻要跟与安娜斯塔西娅相联系的犬只在一起,是因为这样做可感觉到跟安娜斯塔西娅的联系吧。约翰·马纳汉毫不掩饰他是那么深深地爱着安娜斯塔西娅。

我读了捷列米的信,又想起了仓持寝无里以及他的父亲平八。克拉丘瓦——仓持平八,也是深深地爱着安娜斯塔西娅的。安娜斯塔西娅似乎性格上有不少问题,但她至少被两位男性豁出生命爱过。从这里我感觉到她作为俄国公主的力量和气度。

捷列米致我们的信的最后这样说道:

迄今促使我探寻安娜斯塔西娅的足迹的,是我作为一介平民对这位落难公主的同情心。在日本认识了你们之后,更强的力量在推动我,那就是对克拉丘瓦——仓持平八的强烈共鸣。等我这份稿子顺利付梓,我就前往德国,去祭拜泽昂城的安娜斯塔西娅墓,这是约翰生前历经千难万险才实现的。我打算在报告这件工作的同时,宣传这位日本人的故事。

这样，我感觉漫长的旅行终于要结束了。
万分感谢你们的友情
捷列米·克拉维尔

参考文献

《安娜斯塔西娅——消失的公主》
　　　　詹姆斯·B·拉威尔著
　　　　广濑顺弘译　角川文库版

《公主安娜斯塔西娅的真相》
　　　　柘植久庆著　小学馆文库版

《视觉版　脑和心的地形图——迈向思考、感情、意识的深渊》
　　　　丽塔·卡塔著　养老孟司监修
　　　　藤井留美译　原书房版

后记

——安娜斯塔西娅研究的今后

移居美国的收获之一,是看到了有线电视的历史频道、探索频道,等等。现在日本也能够看到了,但在二十世纪九十年代早期,在日本还没有观看的渠道,所以头一次吃惊于美国人的历史观。

美国人并不通过文字把握历史。似乎不是亲眼所见,便不能相信。不必说罗马或者凯尔特人,就连恐龙也是如此。所以,说起太平洋战争(这是美方的叫法),动辄播放日本海军军舰内举行的作战会议的影像、战斗中的日军士兵的影像、九七式舰载攻击机驾驶员在座舱高喊发射鱼雷的影像,令人瞠目。九七式舰载攻击机的资料,从拍摄角度看,恐怕是日本海军制作的宣传片。总之日本战败时,日方的胶片全都被美军接收了。

感觉美国的电视节目与日本的不同之一,是介绍飞机的节目较多——从第一次世界大战到第二次世界大战的螺旋桨战斗机的变迁、越南战争时的喷气式战斗机、作战直升机的详细介绍,到最新的隐形战斗机的展示。印象中,仅以飞机特辑就撑起了一个节目频道。这对于日本电视台来说，是完全不可能的事情。

历史频道中最令我吃惊的节目，是声称为罗曼诺夫王朝的安娜斯塔西娅公主的一位老婆婆，跟她丈夫约翰·马纳汉两人出现在电视摄影镜头之前。关于安娜斯塔西娅的推理小说我已有构思，但我以为，即便她逃过了死刑，也会在某处遭遇不幸，不知下落了。没想到她竟然在美国，还出镜接受采访！更加不可思议的是，对于这样一个事实，社会上波澜不惊，仿佛那是一个笑话！

她那显眼的大鼻子、歪嘴巴，总是皱着眉头、表情阴险，实在不像一名王室的女性，反而予人一介贫穷阶层庶民的印象。采访中，感觉丈夫马纳汉先生较为主动，夫人显得不适应，影响了气氛。

历史频道的节目，极少邀请主宾到摄影棚录像，常常是用胶片拍摄的纪录影像。这次的采访，是在被称为"猫屎大宅"的夏洛茨维尔的马纳汉家进行的，现在我们已经知道那里是怎么回事了。

我留意起来，介绍安娜斯塔西娅的节目之后又出现了几个。她隐居德国时的黑白照片、打官司之后她耳朵的特写照片、小时候的耳朵特写照片等也都被介绍了。节目都以中立场制作，但似乎受到了影响，总有一种这对夫妇不大可靠的味道，不是严格的客观态度。

但是，丈夫马纳汉先生的和蔼、声称是安娜斯塔西娅的女性的阴险表情，给我留下了难忘的印象。我对官司打了这么久、这名女性是否真的是公主仍没有结论这一点颇感兴趣。

为什么会这样？我想，应该有罗曼诺夫王朝的知情人吧，他们不是应该立即就能分清黑白吗？而如果是真的，马纳汉夫人自己应该拿出决定性的证据啊。但是，正如读过本书的读者们了解的那样，事情并没有那么单纯。

德国时代的马纳汉夫人——安娜·安德森的黑白照片也出现了，但这些照片与罗曼诺夫家四姐妹时代的照片差异巨大。虽然也是美人，但眉眼刚强，不像同一人。决定性的一点，是这名年轻女性不说俄语。以我的理解，因为这两条理由，她在欧美世界被视为假冒者。但是，既然如此，为何社会上一直对这名假冒者如此感兴趣？我对此产生了极大兴趣。

不久，探索频道的摄制组进入冷战结束后的莫斯科和圣彼得堡，制作了详细介绍革命前后罗曼诺夫家族的历史的特辑。这是极为珍贵的影像，许多了解当时情况的、九十多岁的俄罗斯证人出镜了。我来到美国时，正是美苏破冰的时代，熟悉革命前夜的俄罗斯证人们勉强还能站立在美国的纪录影像的镜头前，破冰赶上了！

节目的最后说，一九七九年在叶卡捷琳堡郊外发现了沙皇一家的遗骨，一九九一年做了DNA鉴定，没有能确认其中有安娜斯塔西娅的遗骨。根据此时的消息，就我所知，日本的本格推理作家朋友写了两部有关安娜斯塔西娅活了下来的作品。

NHK协助了探索频道这次的节目制作，不久也出了日语版。在这些影像中，栗原小卷做了女主持（美国版没有男主持也没有女主持）。因为是日语，我对内容的理解也更为准确了，太好了。

之后我更感兴趣了，读了几本关于安娜斯塔西娅的书，进一步构思了关于这位公主的推理小说。在日本，安娜斯塔西娅并不那么知名，对这个推理故事感兴趣的会是爱好历史的知识分子吧。美国人似乎较之日本人对俄国皇室有亲近感，有关的主题不时地在电视上出现。这里头当然有过去的百老汇舞台、好莱坞电影以及流行动画片等的影响，但产生如此多的娱乐节目本身，证明了上面的说法。

而我也明白了，这些坊间传说，似乎自一九五四年的百老汇音乐喜剧之后，都变成了同一个故事。也就是说，虽然表现手法不同，舞台剧也好、纪实作品也好、动画片也好，美国的娱乐界反反复复地向美国人灌输着唯一的安娜斯塔西娅梦幻故事。这是日本没有的情况，这个过程使得安娜斯塔西娅的真假论争纠缠不清，让人看不明白。也就是说，美国人将马纳汉夫人视作误认为自己是安娜斯塔西娅的、有精神障碍的女人，意味深长地关注着。

我是个日本人，不受这个传说的束缚，我是自由的，我想写一个更接近于史实的安娜斯塔西娅故事。但是，如果不是一个有趣的推理故事，读者也会有怨言吧。正当此时，看了之前所说的与航空相关的电视节目后，一个故事不期而至。它仿佛冲破雾雨，在我脑海里成功着陆。

为了不干扰读者今后的知识结构，我要先说一下虚构与史实的分界——仓持这个日本军人和安娜斯塔西娅恋爱的事情，以及他们搭乘DoX进入箱根的事情，是我凭空想象的。接受安娜斯塔西娅仍活着的人，他们相信的"正史"（尽管如此，因为历史已断定她在伊帕切夫别墅被枪杀，所以除此之外的主张均属凭空想象）是她和亚历山大·柴可夫斯基一起从陆路逃到了柏林。虽然不好说本书叙述的恋爱故事绝对没有发生过，但我也不主张它是推理得出的唯一结论。据迄今调查的结果，没有任何支撑的证据。但是，格列布·泡特金是经日本逃亡纽约的。

在大津事件中受伤的尼古拉二世留在京都专心治疗，取消了之后的旅行活动。也就是说，实际上他没有入住箱根的富士屋酒店。酒店为迎接他增建的工程最终没有用上。

还有一点，关于西伯利亚王国的建国计划结局如何，这里就不谈了。关于利用超大型飞艇将大量俄国军人转运到日本的理由，我有日后写作的构思，但何时写成就不知道了。贝加尔湖周边的布里亚特人与绳文日本人的关系，近年 DNA 方面的研究已经肯定了。

除了这些以外，全都是罗曼诺夫王朝四姐妹中的小妹妹和归化美国人安娜·安德森·马纳汉的史实。是否将之视为一名女性连续的人生，由读者自定；但若问我的意见，我的回答是"一个人"。

使得我写这个故事的另一个理由，是我感觉全世界的安娜斯塔西娅研究缺少了非常重要的一个方向。要追究安娜斯塔西娅之谜，却只有历史学家以及新闻工作者参与，没有医学专家尤其是脑科学专家参与探索这一事实。

即便是我这样的业余人士，也感觉到安娜·安德森所呈现的症状，如果拿出脑障碍标准衡量的话，情况就是一致的了。它与假冒者表演的敷衍应付一时不一样。首先，她的情况，与最近成为话题的摩托车事故引起年轻患者高度脑机能障碍的情况极为相似：看不懂时钟、不能计算、记忆混淆，以及说母语的能力消失——假若她就是安娜斯塔西娅的话。

而这些事实，怎么看都与其数处头盖骨凹陷骨折相关。凹陷骨折令人推测她的脑部显然是因被殴打而受伤；要说这种损伤因何导致，则除用枪托的殴打以外难以想象。

在大脑侧头叶的左边负责语言的区域，母语与成年后习得外语的位置不同。基于这样的认识，再综合考虑菲尼亚斯·凯治等论述的相貌变化和她希望躲避布尔什维克的强烈变形愿望等，不相信马纳汉夫人是安娜斯塔西娅的大半理由就消除了。脑障碍引起人的奇异行为，比正常人想象的多得多。马纳汉夫人的异常，若考虑由脑障碍引起，则一切均可解释了，所以，英国出生的神经科医生兼作家奥利佛·萨克斯先生等人为何没对这位大名鼎鼎的女性的症状产生兴趣，实在是不可思议。另外，就我迄今读过许多优秀的安娜斯塔西娅研究著作而言，未见有这样的医学性探讨的例子。

我在《季刊岛田庄司》发表的《俄国幽灵军舰事件》第一稿，也有匆忙的原因吧，未能充分谈及关于脑的方面，所以借这次出版单行本（原书房、二〇〇一年十月），在许可的范围内做了补充。然而，由于凹陷骨折的位置不明，所说也十分有限。没有附图的、详细说明凹陷骨折位置的资料，在欧洲漫长的官司中也没有讨论这个问题的迹象。长得令人不知所措的庭审期间，没有将她的异常言行与头盖骨凹陷骨折联系起来考虑，实在令人不解；若真如此也难以置信。

今后研究的希望，是发现安娜斯塔西娅的 X 光照片或者病历之类；如果没有，就发掘她位于泽昂的墓穴，详细标明凹陷之处，由专家类推其脑障碍的性质特点，尝试给真假之争下一个结论。即便做不到这样，也期望本书可影响具备资格的人物，开始这样的调查。假如有她的头盖骨实物，则远胜于本书的雄辩吧。

这次的修改，还追加了大津事件的内情，将访日时的尼古拉二世扯了进来；在记述安娜·安德森晚年时，追加了相关的奇闻逸事。

本书整理之时，北里大学的长井辰男教授发表了研究报告，刊载于二〇〇一年七月十七日的《朝日新闻》。他指出，尼古拉二世衣服上的汗迹、其侄子（外甥）的血液、弟弟的骨骼或头发的线粒体DNA的碱配列，与当作尼古拉二世下葬的人骨的DNA不同，因此该人骨不属于尼古拉二世，而是他人。各方的研究仍在持续，相信证明我上述假说正确与否的一天将会到来。

岛田庄司
二〇〇一年九月二日